호두까기 인형

클래식 보물창고 38

호두까기 인형

펴낸날 초판 1쇄 2016년 1월 20일
지은이 E. T. A. 호프만 | **옮긴이** 함미라
펴낸이 신형건 | **펴낸곳** (주)푸른책들 | **등록** 제321-2008-00155호
주소 서울특별시 서초구 양재천로7길 16 푸르니빌딩 (우)06754
전화 02-581-0334~5 | **팩스** 02-582-0648
이메일 prooni@prooni.com | **홈페이지** www.prooni.com
카페 cafe.naver.com/prbm | **블로그** blog.naver.com/proonibook

ISBN 978-89-6170-531-8 04850
* 잘못된 책은 구입한 곳에서 바꾸어 드립니다.

© (주)푸른책들, 2016
* 이 책 내용의 일부 또는 전부를 재사용하려면 반드시
(주)푸른책들의 서면 동의를 얻어야 합니다.

이 도서의 국립중앙도서관 출판시도서목록(CIP)은 서지정보유통지원시스템 홈페이지(http://seoji.nl.go.kr)와
국가자료공동목록시스템(http://www.nl.go.kr/kolisnet)에서 이용하실 수 있습니다.
(CIP제어번호: 2015032558)

표지 이미지 | Eoin Gardiner의 〈The boys of Christmas〉, popofatticus의 〈The house guard〉

보물창고는 (주)푸른책들의 유아, 어린이, 청소년, 문학 도서 임프린트입니다.

Nußknacker und Mausekönig

호두까기 인형

E. T. A. 호프만 지음 | 함미라 옮김

보물창고

차례

크리스마스 이브

12월 24일이 되면 의료 관료인 의사 슈탈바움 씨네 아이들은 종일토록 중앙 거실에 들어가면 안 되었다. 중앙 거실과 맞닿은 화려하게 장식된 응접실에는 더더욱 들어갈 수 없었다. 프리츠와 마리는 잔뜩 웅크린 채 작은 뒷방 구석에 앉아 있었다. 저녁 어스름이 짙게 물들기 시작했지만, 이날이면 늘 그래 왔듯 아무도 등불을 밝혀 들고 들어오는 사람이 없었다. 이제 둘은 정말로 으스스한 기분이 들었다. 프리츠는 누이동생(마리는 이제 갓 일곱 살이 되었다.)에게 꽁꽁 닫아 놓은 거실에서 아침부터 바스락거리는 소리, 짤랑거리는 소리, 나직하게 망치질하는 소리가 났다며 비밀이라도 되는 양 속삭여 말했다. 또 아까 희미하긴 했지만 키가 작은 어떤 사람이 커다란 상자를 옆구리에 끼고 살금 살금 복도를 지나갔는데, 자기는 그 사람이 다름 아닌 드로셀마이어 대부라는 걸 잘 알고 있다는 말도 했다. 그러자 마리는 앙증맞은 두 손으로 박수를 치며 소리쳤다. "아, 드로셀마이어 대부님이 우리에게 주려고 멋진 걸 만들어 오셨나 봐." 고등 법원 판사인 드로셀마이어 대부는 잘생긴 것과는 거리가 몹시 먼 사람이었다. 키는 작고 몸은 빼빼 마른 데다, 얼굴에는 주름이 자글거렸고, 오른쪽 눈이 있어야 할 자리에는 커다란 검은색 안대가 대신 자리 잡고 있었다. 머리카락 또한 한 올도 찾아볼 수 없어, 뛰어난 솜씨로 만든 근사한 백발의 유리 섬유 가발을 쓰고 다녔다. 대부는 실로 솜씨가 뛰어난 사람이었던지라, 시계에 관해서도 척척박사였고 손수 시계를 제작할 수 있을 정도였다. 그렇다 보니 슈탈바움 씨네 집에 있는 아름다운 시계 중 하나가 탈이 나 울리지 않게 되자 가발을 벗어 던지고 노란색 상의를 벗은 다음, 청색 앞치마를 두르고 뾰족한 공구로 시계 속 여기저기를 찔러 대기도 했다. 마리는 그 모습을 보는 내내 정말이지 너무나도 마음이 아팠다. 그런데 웬걸, 시계는 상처는커녕 다시 멀쩡히 되살아나 곧바로 끼긱끼긱 우스꽝스러운 소리를 내더니, 괘종을 치며 다시 노래를 시작하는 것이었다. 그리하여 그것을 본 사람들 모두 크게 기뻐한 적이 있었다. 드로셀마이어 대부는 빈손으로 오는 법이 없었다. 늘 아이들을 위해 뭔가 근사한 것들을 주머니에 넣어 오곤 했다. 어떤 때는 눈알을 데굴거리며 허튼 칭

찬을 늘어놓는 우스꽝스럽게 생긴 난쟁이를 넣어 오거나, 또 뚜껑을 열면 작은 새가 튀어 오르는 작은 상자를 가져온 적도 있었다. 물론 그 외에 다른 예쁜 것들을 가져올 때도 있었다. 그렇지만 크리스마스 때가 되면 언제나 엄청난 공을 들여 멋진 예술 작품을 손수 만들어 왔다. 그래서 부모들은 아이들이 선물로 받은 그 작품을 아주 소중하게 보관하곤 했다. "아, 드로셀마이어 대부님이 얼마나 예쁜 걸 만들어 오셨을까." 마리가 큰 소리로 외쳤다. 하지만 프리츠는, 이번에는 대부님이 다름 아닌 요새를 만들어 오셨을 수도 있다고 주장했다. 그 요새 안에서는 아주 멋진 온갖 병정들이 오르락내리락 행진하고 훈련을 할 거라고, 그러고 나면 다른 병정들이 요새가 있는 곳으로 와서 요새로 쳐들어오려 할 것이고, 그러면 이제 요새 안에 있던 병정들이 용감무쌍하게 요새 밖으로 대포를 날릴 것이며, 대포는 바람 가르는 소리를 내며 날아가 엄청난 굉음과 함께 폭발할 거라는 것이었다. "아니, 아니야." 마리가 프리츠의 말을 막고는 이렇게 말했다. "드로셀마이어 대부님이 나한테는 예쁜 정원 이야기를 하셨단 말이야. 그 정원에는 커다란 호수도 있다고 하셨어. 호수 위에는 황금 목걸이를 두른 멋진 백조들이 이리저리 헤엄치고 노닐며 정말로 아름다운 노래를 부른대. 그러면 정원에 있는 작은 여자아이가 호숫가로 나와서 백조들을 불러 달콤한 아몬드 설탕과자를 먹여 준다고 하셨어." "백조들은 아몬드 과자 안 먹어."

프리츠가 생각난듯 퉁명스레 끼어들었다. "그리고 드로셀마이어 대부님이 그런 정원을 전부 다 만드실 수도 없고. 사실 대부님이 만든 장난감들 중에 우리 손에 들어온 건 별로 없잖아. 받는 대로 전부 도로 빼앗겨 버리고 말았지. 그래서 나는 아빠 엄마가 선물로 주시는 것이 훨씬 더 좋아. 그건 오래 가지고 있어도 되고 우리가 하고 싶은 대로 마음껏 가지고 놀 수도 있으니까." 아이들은 이제 또 어떤 선물이 있을지 이야기를 주고받았다. 마리는 트루트헨 아가씨(마리의 커다란 인형)가 많이 변했다며, 예전보다 더 추레해졌다고 했다. 걸핏하면 바닥에 엎어지고 그때마다 얼굴에 묻은 때가 가시지 않으니, 이제는 옷을 빨아 줄 생각은 아예 하지도 않는다고 말했다. 아무리 호되게 혼을 내도 소용이 없다면서 말이다. 또 자기가 그레트헨의 조그만 양산을 보고 몹시 기뻐하자, 엄마가 빙그레 미소를 지어 보였다는 이야기도 했다. 프리츠 역시 자기 군대에 기병대가 없고, 또 병영 마구간에는 힘센 적갈색 말이 한 마리도 없는데, 아빠가 그 사실을 잘 알고 계신다고 확신에 차서 말했다. 이렇듯 아이들은 부모님이 갖가지 아름다운 선물을 샀으며, 이제 손수 구한 그 선물들을 진열해 놓았다는 걸 잘 알고 있었다. 그리고 친애하는 성자 그리스도께서 어린아이처럼 친근하고 경건한 눈길로 그 가운데 함께하시며 빛을 비추어 주신다는 것과 은총이 가득한 주님의 손길이 스친 것이기에, 크리스마스 선물은 그 어떤 선물과도 견줄 수 없을 정도로 하나하나가 모두 더할 나위 없이 큰 즐거움을 주리라는 것 역시 의심치 않았다. 부모님에게서 받게 될 선물을 두고 계속 소곤대는 아이들에게 맏딸인 루이제가 사랑하는 부모님의 손을 통해 아이들에게 선물을 선사하시는 분 또한 성자 그리스도이시며, 그리스도야말로 그 선물이 아이들에게 참으로 큰 기쁨과 즐거움을 주리라는 것을 선물을 받을 아이들보다 더 잘 알고 계신다는 것, 그러니까 욕심껏 이것저것 원하고 바라서는 안 되며, 어떤 선물이 주어질지 경건한 자세로 잠자코 기다리고 있어야 한다고 덧붙여 상기시켜 주었다. 그 말을 듣자 마리는 골똘히 생각에 잠겼지만 프리츠는 중얼거리며 혼잣말을 했다. "난 이번에는 적갈색 말이랑 경기병을 받고 싶은데……."

사방이 칠흑처럼 깜깜해졌다. 이제 프리츠와 마리는 말할 엄두를 내지 못한 채, 바싹 붙어 앉았다. 부드러운 날개가 아이들을 에워싸고 바스락바스락 날갯짓을 하는 것 같았고, 아주 먼 데서이긴 하지만 정말 멋진 음악 소리도 들리는 것 같았다. 밝은 빛 한 줄기가 벽을 타고 선을 긋듯 나타났다. 그러자 아이들은 이제 아기 예수님이 영롱하게 빛나는 구름을 타고 다른 행복한 아이들에게로 날아가셨다는 걸 알 수 있었다. 바로 그 순간, 은방울처럼 청아한 소리가 울렸다. 딸랑딸랑, 딸랑딸랑. 두 짝의 문이 꽃봉오리가 터지듯 활짝 열렸고, 커다란 실내에서 너무나도 찬란한 빛이 뻗어 나왔다. 아이들은 그대로 굳어 버린 듯, 큰 소리로 “우아! 우아!” 하고 외칠 뿐 문턱에 선 채 한 발짝도 움직이지 못했다. 그러자 엄마와 아빠가 아이들이 있는 방으로 들어와 아이들의 손을 꼭 잡고 말했다. “어서 들어오렴, 사랑하는 우리 아가들. 어서 들어와서 성스러운 예수 그리스도께서 너희들에게 어떤 선물을 하셨는지 봐야지.”

선물

프리츠가 되었든, 테오도르 아니면 에른스트, 혹은 이름이 무엇이든 지금 이 글을 읽고 있는 독자나 이야기에 귀를 기울이고 있는 청취자에게 부탁하고 싶다. 아름답고 다채로운 선물로 풍성하게 장식했던 지난해 크리스마스 선물 탁자를 생생하게 눈앞에 그려 보기를 말이다. 그러고 나면 할 말을 잃은 채 두 눈만 반짝이며 멈춰 서 있는 두 아이의 모습, 한참이 지난 후 겨우 깊은 숨을 내쉬며, "아, 정말 예쁘다. 아, 정말 예뻐."라고 외치는 마리의 모습 그리고 단 한 번의 실수도 없이 몇 번이고 멋지게 재주넘기를 하는 프리츠의 모습을 아마도 잘 상상할 수 있을 것이다. 그런데 아이들도 일 년 내내 그 어느 때보다 특별히 공손하고 경건하게 지냈던 모양이었다. 이번 크리스마스처럼 이렇게 멋지고 아름다운 선물을, 또 이렇게 많이 받은 적은 지금까지 한 번도 없었으니까 말이다. 방 한가운데에 있는 높다란 크리스마스트리에는 금빛, 은빛 사과들이 주렁주렁 매달려 있었고, 설탕에 졸인 아몬드와 형형색색의 사탕들, 그밖에 달달한 예쁜 과자들이 꽃봉오리가 터진 것마냥 가지가지마다 걸려 있었다. 하지만 이 기적의 나무에서 가장 아름답다고 기릴 만한 것은, 어두운 가지들 사이에서 작은 별처럼 깜빡이는 수백 개의 조그만 불빛들과 또 자기 속에서 빛을 빨아들이고 뿜어내며 꽃과 열매를 따가라고 아이들을 초대하는 듯한 기적의 나무 그 자체라 할 수 있었다. 나무를 둘러싸고 있는 모든 것이 전부 오색찬란하고 멋지게 빛났다. 무엇 하나 아름답지 않은 것이 없었다. 정말이지, 누가 이것을 말로 설명할 수 있을까! 마리는 귀엽기 그지없는 인형들과 깨끗한 갖가지 소꿉 장난감들에 눈길을 주었다. 그리고 그 무엇보다도 특히 아름답게 보인 것은 색동 띠로 장식한 비단 드레스였다. 드레스는 마리의 바로 눈앞에 있는 받침대에 걸려 있어서 사방에서 두루 살펴볼 수 있었다. 마리도 드레스를 두루 살펴보며 몇 번이나 외쳤다. “아, 예뻐라. 아, 이 옷 정말, 정말 마음에 들어. 이 옷은 내가 틀림없이, 진짜로 내가 입을 수 있을 거야!” 그사이 프리츠는 새 암갈색 말을 타고 벌써 서너 번도 더 다그닥거리며 선물 탁자 주변을 달리고 있었다. 사실 이 말은 고삐를 맨 채 탁자 곁에 있는 것을 프리츠가 찾아낸 것이었다. 말에서 내리며 프리츠는 생각했다. '이 녀석, 거친 야생마잖아. 하지만 상관없어. 녀석을 내 손에 넣고 말 테니까.' 그러고는 새로 받은 경기병 분대를 죽 훑어보았다. 경기병 분대는 빨간색과 황금색의 옷을 입은 몹시 화려한 차림이었다. 그리고 순은으로 만든 무기를 들고 윤기가 흐르는 순백색의 말을 타고 있어 말들마저도 순은으로 만들었다고 해도 믿을 수 있을 정도였다. 이제 흥분이 조금 가시자, 아이들은 그림책이 있는 곳으로 가려고 했다. 그림책은 아이들이 바로 볼 수 있도록 펼쳐져 있었는데, 온갖 아름다운 꽃들과 각양각색의 사람들, 게다가 사랑스럽기 그지없는 아이들까지 너무나도 자연스럽게 그려져 있어 마치 인물들이 하나하나 살아서 정말로 말을 하는 것만 같았다. 그랬다! 다시 한 번 종이 울린 건 아이들이 막 그림책을 보려고 하던 바로 그때였다. 이제 아이들은 드로셀마이어 대부가 선물을 주리라는 걸 알아차리고 벽 쪽에 있는 탁자를 향해 뛰어갔다. 그때까지 탁자를 덮고 있던 우산이 순식간에 걷혔다. 그 순간 아이들의 눈에 들어온 것은! 수많은 유리창과 여러 개의 황금빛 탑이 있는 웅장한 성이 다채로운 꽃들로 장식된 푸르른 잔디 위에 우뚝 서 있는 모습이었다. 차임벨 소리가 울리더니 수많은 성문과 창문이 활짝 열렸다. 그러자 깃털 모자와 옷자락이 끌리는 긴 드레스를 입은, 크기는 몹시 작았지만 우아한 귀부인들과 신사들이 무도장을 이리저리 거니는 모습이 보였다. 중앙 홀은 샹들리에 위에서 셀 수 없이 많은 초가 불타고 있어 완전히 불 한가운데에 있는 것처럼 보였는데, 이곳에서 짧은 조끼에 짧은 바지를 입은 아이들이 차임벨 연주에 맞춰 춤을 추고 있었으며, 에메랄드 빛깔의 외투를 입은 한 신사는 창밖을 내다보며 손을 흔들다가 다시 사라지곤 했다. 드로셀마이어 대부의 모습을 띤 인형도 있었는데, 아빠의 엄지손가락 크기만 한 이 인물상은 간간이 아래쪽 성문에 나와 서 있다가는 다시 안으로 들어가곤 했다. 프리츠는 양팔을 탁자에 괴고 아름다운 성과 또 그 속에서 춤을 추고 산보하는 조그만 인물상들을 바라보았다. 그러고는 이렇게 말하는 것이었다. “드로셀마이어 대부님! 저도 이 성에 들어가게 해 주세요!” 고등 법원 판사인 대부는 무슨 수를 써도 그건 불가능하다고 설명해 주었다. 대부의 말이 맞았다. 성에 있는 황금빛 탑을 모두 모은다 해도 제 키보다 더 작은 성으로 들어가겠다는 건 어리석은 일이니까. 이제 프리츠도 말귀를 알아들었다. 그러나 시간이 흐른 뒤에도 귀부인들과 신사들이 계속해서 같은 방식으로 이리저리 산보하고, 아이들은 춤을 추고, 에메랄드빛 외투의 남자는 창밖을 내다보고, 드로셀마이어 대부는 성문 밖으로 나오기를 반복하자 프리츠는 더 이상 참지 못하고 소리쳤다. “드로셀마이어 대부님, 이제는 저기 위에 있는 다른 문으로도 한번 지나가 보세요.” “귀여운 프리츠야, 그렇게 할 수는 없단다.” 드로셀마이어 대부가 말했다. “그렇다면 그건 그냥 두시

고요, 저기 계속해서 밖을 내다보는 녹색 옷을 입은 남자가 다른 사람들이랑 함께 산책하게 해 주세요." 프리츠는 물러서지 않고 계속해서 말했다. "그것도 안 된단다." 고등 법원 판사는 이번에도 같은 대답을 했다. "그렇다면 아이들이라도 내려보내 주셔야 해요. 아이들을 좀 더 가까이에서 보고 싶어요." 프리츠가 큰 소리로 외쳤다. "이거야 원, 그건 전부 다 안 돼요. 기계 장치라는 건 한번 만들고 나면 만든 대로만 움직이게 되어 있어." 드로셀마이어 대부는 짜증난 말투로 대답했다. "그래요오오?" 프리츠는 말끝을 늘이며 이렇게 물었다. "전부 다 안 된다고요? 있잖아요, 드로셀마이어 대부님. 대부님이 만드신 저 잘 차려입은 인형들이 성안에 살면서 늘 똑같은 것밖에 할 수 없다면 그 인형들은 별로 소용이 없을 것 같아요. 그리고 저는 저 인형들을 특별히 찾지 않을 거 같아요. 그렇고말고요. 그래서 저는 제 경기병들이 좋아요. 제 경기병들은 제가 이리로 가라면 이리로, 저리로 가라면 저리로, 하라는 대로 움직이니까요. 또 집에 갇혀 있지도 않고요." 이렇게 말하며 프리츠는 크리스마스 선물 탁자로 달려가 은빛 말을 탄 경기병들을 이리저리 움직이며 마음껏 속보로 달리게 하는가 하면 방향을 선회하여 검술을 쓰게 하거나, 포를 쏘게 하였다. 마리 역시 조심스럽게 그 자리를 빠져나왔다. 성안에 있는 인형들이 여기저기 돌아다니거나 춤을 추는 모습에 곧 싫증이 나기는 마리도 마찬가지였지만, 마리는 아주 깍

듯하고 착한 아이였으므로 오빠인 프리츠처럼 다른 사람들이 그걸 눈치채게 하고 싶지는 않았던 것이다. 드로셀마이어 고등 법원 판사는 상당히 불쾌해진 나머지 아이들의 부모에게 이렇게 말했다. "이렇게 잘 만든 작품은 아무것도 이해하지 못하는 아이들에게 맞지 않지요. 그럼, 제 성은 제가 다시 싸 가지고 가겠습니다." 하지만 아이들의 어머니는 그에게로 다가가서 아이들에게 성의 내부 구조와 작은 인형들을 움직이는 매우 정교한 톱니바퀴들을 보여 달라고 부탁했다. 드로셀마이어 대부는 성을 전부 해체했다가 다시 조립하였다. 그러는 사이 대부는 다시 기분이 아주 좋아져서는 팔, 다리, 황금빛 얼굴의 멋진 갈색 남자 인형과 여자 인형 몇 개를 아이들에게 선물했다. 인형에서는 하나도 빠짐없이 생강 과자처럼 달콤하고 친숙한 냄새가 풍겨, 프리츠와 마리는 인형을 받아들고 무척이나 기뻐했다. 맏딸 루이제는 어머니의 바람대로 선물 받은 아름다운 옷을 입고 있었다. 루이제의 모습은 말로 다할 수 없을 만큼 예뻐 보였다. 하지만 마리는 너도 선물받은 옷을 한번 입어 보라고 하자, 자기는 옷을 좀 더 바라보고 싶다고 말했다. 모두들 기분 좋게 그렇게 하라고 허락했다.

보호자 마리

사실 마리는 크리스마스 선물 탁자를 벗어나고 싶지 않았다. 지금까지 눈에 띄지 않았던 뭔가를 발견했기 때문이었다. 크리스마스트리에 바싹 붙어서 열병식을 펼치던 프리츠의 경기병이 출동하고 나자 조그맣고 아주 근사한 남자의 모습이 드러난 것이었다. 남자는 차분하게 자기 차례가 오기를 기다렸다는 듯, 조용히 나서지 않는 자세로 서 있었다. 남자의 외모는 여기저기 트집 잡을 것이 많아 보였다. 길고 다부진 상체가 짧고 가느다란 두 다리와 절대 어울리지 않는 건 그렇다 치더라도 무엇보다 머리가 지나치게 컸다. 하지만 말쑥한 옷차림이 또 많은 점을 보상해 주어 결국 남자가 취미와 교양을 갖춘 사람이라는 걸 알게 해 주었다. 그러니까 그는 여러 줄의 하얀색 끈 장식과 여러 개의 작은 단추가 달린 아름다운 보라색 경기병 상의와 마찬가지로 경기병 바지 차림에 대학생, 아니 장교들이 신을 법한 근사하기 그지없는 장화를 신고 있었다. 장화가 가느다란 그의 두 다리에 얼마나 꼭 맞았는지, 다리에 장화를 그려 놓은 것만 같았다. 사실 이런 복장에 나무로 만든 것 같은 좁고 어설퍼 보이는 외투를 등에 걸치고 광부용 모자를 쓰고 있다는 것이 우스꽝스러워 보이긴 했지만, 마리는 그 와중에도 드로셀마이어 대부 역시 아주 형편없는 망토를 두르고 끔찍한 모자를 쓰고 다니지만 그래도 무척 좋은 분이라는 생각이 났다. 또 드로셀마이어 대부님이 이 작은 남자처럼 고상하게 차려입는다 해도 이 남자만큼 멋져 보이지 않을 거라는 판단도 섰다. 마리는 첫눈에 마음에 들어버린 이 말쑥한 남자를 보고 또 보았고, 그러는 사이 남자의 얼굴이 정말 선량하게 생겼다는 걸 더더욱 잘 알 수 있었다. 툭 튀어나온 커다란 연녹색 눈동자는 친근함과 호감을 그대로 드러내고 있었고, 턱 주변에 잘 손질한 하얀 솜을 둘러 수염으로 붙인 것 또한 잘 어울렸다. 하얀색 수염 덕분에 진홍색 입술에 번진 귀여운 미소가 그만큼 눈에 더 잘 띄었던 것이다. "아!" 결국 마리는 큰 소리로 외치고 말았다. "아, 아버지. 저기 나무 곁에 있는 멋진 남자는 누구의 것이에요?" "저건," 아버지가 대답했다. "얘야, 저 남자 인형은 너희들 모두를 위해 억척같이 일하게 될 거란다. 딱딱한 호두를 깨물어 잘게 부수어 줄 거니까. 루이제 언니의 것이기도 하고, 또 너랑 프리츠 오빠의 것이기도 하단다." 그렇게 말하면서 아버지는 선물 탁자에 있던 작은 남자를 조심스레 가져와 나무로 된 외투를 높이 추켜올렸다. 그러자 작은 남자가 쩌억, 쩌억 입을 벌리며 두 줄로 늘어선 뾰족하고 하얀 치아를 드러냈다. 마리는 아버지가 시키는 대로 벌어진 그의 입속에 호두 한 개를 밀어 넣었다. 그러자 작은 남자가 '딱!' 하고 호두를 깨물었다. 호두 껍데기가 우수수 떨어지는가 싶더니, 고소한 호두 속살이 마리의 양손에 들어왔다. 이제 사람들은 그리고 마리 역시도 이 작고 수려한 남자가 호두까기 가문 출신이며, 조상 대대로 내려오는 가업을 뒤따르고 있다는 것을 잘 알 수 있었다. 마리는 기뻐서 환호성을 질렀다. 그러자 아버지가 말했다. "마리야, 호두까기 인형 친구가 그렇게 마음에 들면 네가 특별히 잘 돌보고 보호해 주렴. 루이제와 프리츠도 너와 똑같이 호두까기 인형을 쓸 수 있다고 말했다만, 그 말은 신경 쓰지 말고." 마리는 그 즉시 호두까기 인형을 팔에 안고 호두를 까게 했다. 그러나 마리는 남자가 너무 크게 입을 벌리지 않도록 알이 아주 작은 호두들만 골랐다. 입을 크게 벌리는 건 이 작은 남자에게 전혀 어울리지 않았기 때문이었다. 언니 루이제가 와서 마리와 함께했다. 호두까기 친구는 루이제를 위해서도 제 할 바를 다해야 했는데, 줄곧 아주 친절하게 미소를 짓고 있는 것이 즐거운 마음으로 일하는 것 같았다. 그사이 프리츠는 여러 번에 걸쳐 군사 훈련과 기마 훈련을 시키느라 지쳐 있다가 딱딱 재미있게 호두 깨지는 소리가 들리자, 누나와 여동생이 있는 곳으로 달려왔다. 그러고는 익살맞게 생긴 작은 남자를 보더니 실컷 웃어 댔다. 이제 프리츠까지 호두를 먹으려고 달려들자, 호두까기 인형은 이 손 저 손 옮겨 다니며 쉴 새 없이 입을 벌렸다 다물었다 해야 했다. 프리츠는 제일 크고 단단한 호두 알들만 골라 연신 호두까기의 입안에 밀어 넣었다. 어느 순간 호두까기 인형에게서 덜걱덜걱 소리가 나더니, 입에서 치아 세 개가 떨어져 나왔다. 그러고 나자 아래턱이 통째로 헐겁게 늘어져 흔들거렸다. "아, 불쌍한 내 귀염둥이 호두까기!" 마리는 큰 소리로 비명을 지르며 프리츠의 손에서 호두까기 인형을 빼앗았다. "바보 멍청이 녀석. 호두까기라면서 이가 부실하네. 어쩌면 호두를 깨는 일도 잘 모를지 몰라. 마리, 그거 이리 가져와! 그 호두까기는 날 위해 호두를 깨물어야 한다고. 남은 이들이랑 위턱까지 전부 다 빠져 버리라지. 그건 다 녀석이 제 할 일을 잘하지 못하는 식충이라서 그런 거니까." 프리츠가 말했다. "싫어, 싫어. 오빠한테는 내 귀염둥이 호두까기 인형 안 줄 거야. 이 호두까기 인형이 얼마나 애처롭게 날 바라보며 상처 난 입을 보여 주고 있는지 한번 보라고! 오빠는 인정머리 없는 사람이야. 자기 말들을 때리고 더군다나 어떤 병정은 총을 쏘게 해서 죽이기도 하잖아." 마리가 울면서 소리쳤다. "그건 그래야 하니까 그러는 거야. 잘 알지도 못하면서. 그런데 그 호두까기는 너뿐 아니라 나도 똑같이 쓸 수 있어. 그러니까 그거 이리 내놔." 프리츠가 소리쳤다. 마리는 눈물을 펑펑 흘렸다. 그러고는 조그만 손수건으로 아픈 호두까기 인형을 얼른 감싸 주었다. 아이들의 부모가 드로셀마이어 대부와 함께 아이들에게로 왔다. 드로셀마이어 대부는 원통해하는 마리 대신 프리츠 편을 들어 주었지만, 아이들의 아버지는 이렇게 말했다. "호두까기 인형은 마리가 돌봐 주도록 아빠가 분명하게 말했다. 보다시피 지금 호두까기는 보살핌이 필요하기 때문에 이제 누가 뭐라고 하든, 호두까기 인형에 대한 모든 권한은 마리가 가진다. 말이 나온 김에 말인데, 나는 프리츠가 일을 하다 병이 든 사람에게 훨씬 더 심한 일을 하라고 요구하는 걸 보고 무척이나 놀랐다. 훌륭한 군인은 부상자를 절대로 대열에 내세우지 않는다는 것쯤은 프리츠도 잘 알고 있을 텐데?" 프리츠는 몹시 창피해하며 호두며 호두까기 인형 따위는 거들떠보지도 않고 슬그머니 자리를 뜨더니 곧장 탁자 반대쪽으로 갔다. 그곳에는 프리츠의 경기병들이 부대에서 전초병을 차출하여 세운 뒤 숙소에 들어가 있었다. 마리는 잃어버렸던 호두까기 인형의 이를 찾은 다음, 자기 옷에 묶었던 예쁜 흰색 띠를 풀어 호두까기 인형의 상처 난 턱에 둘러 주었다. 그리고 몹시 창백하고 놀란 듯 보이는 작고 불쌍한 호두까기 인형을 아까보다 더 조심스럽게 자기 손수건으로 감쌌다. 그렇게 마리는 그 작은 남자를 어린아이처럼 팔에 안고 흔들며, 오늘 받은 많은 선물들 사이에 놓여 있는 새 그림책의 아름다운 그림들을 들여다보았다. 평소 같다면 전혀 마리답지 않은 행동이었지만, 드로셀마이어 대부가 껄껄껄 웃으면서 그 못생기고 작은 녀석한테 어떻게 그렇게 잘해 줄 수 있냐며 계속해서 묻자 마리는 심통이 날대로 나고 말았다. 마리는 작은 남자를 처음 보았을 때, 참 특이하게도 자기가 드로셀마이어 대부와 작은 남자를 비교했던 것이 새삼 떠올랐고 그래서 아주 진지한 말투로 이렇게 말했다. "대부님, 누가 알겠어요. 대부님이 제가 좋아하는 호두까기 인형처럼 말쑥하게 차려입고, 또 이렇게 번쩍이고 멋있는 장화를 신으셨다 한들, 이 호두까기 인형처럼 이렇게 멋져 보일지 누가 알겠냐고요." 마리는 부모님이 대체 왜 그렇게 큰 소리로 웃음을 터트렸는지 그리고 고등 법원 판사인 대부는 또 왜 그렇게 꾸중들은 사람처럼 코가 빨개져서는 방금 전처럼 화통하게 웃지 않는건지 도무지 영문을 알 수 없었다. 거기에는 아마 그만의 특별한 이유가 있을지도 모를 일이었다.

경이로운 일들

의료 관료 슈탈바움 씨네 거실 문을 열고 들어서면 바로 왼편 넓은 벽면에 높은 유리장이 하나 서 있었다. 유리장 안에는 아이들이 매년 선물로 받은 아름다운 물건들이 모두 보관되어 있었다. 루이제가 아직 아주 어렸을 때, 아이들의 아버지가 솜씨가 뛰어난 어떤 가구 장인에게 짜 달라고 한 유리장이었다. 가구 장인은 무엇이든 이 장 속에 두면 손에 들고 있을 때보다 대부분은 더 반들거리고 더 예뻐 보이도록, 화창한 하늘처럼 맑디맑은 유리를 끼워 장식장 전체를 쓰임새에 맞게 잘 만들어 냈다. 마리와 프리츠의 손이 닿지 않는 맨 위 칸에는 드로셀마이어 대부의 예술 작품들이, 바로 그 아래 칸에는 그림책이 꽂혀 있었고 가장 아래 두 칸에는 마리와 프리츠가 원하는 무엇이든 채울 수 있었다. 그래서 마리는 늘 맨 밑 칸을 정리하여 자기 인형들이 살 집을 꾸몄고, 반대로 프리츠는 그 위 칸에 제 군대를 옮겨 주둔지로 썼다. 이날도 그랬다. 프리츠가 위 칸에 자기의 경기병들을 세워 놓는 동안, 마리는 아래에서 트루트헨 아가씨를 치워 버리고 예쁘게 꾸민 새 인형을 가구가 아주 잘 갖춰진 방에 들여다 놓았다. 그러고는 새 인형이 연 사탕 과자 파티에 자기 자신도 초대했다. 가구가 아주 잘 갖춰진 방이라고 내가 말했는데, 그건 사실이었단다. 내 이야기에 귀 기울이고 있을 마리야, 너도 어린 슈탈바움 양(이 아이도 너처럼 이름이 마리라는 건 이미 알고 있지?)이랑 같은지 궁금하구나. 그래, 그러니까 너도 이 어린 슈탈바움 양처럼 예쁜 꽃무늬 소파와 앙증맞은 의자들, 말끔한 티 테이블 그리고 무엇보다도 인형들이 쉴 수 있는 말끔하고 매끌매끌한 작은 침대가 있니? 그게 궁금하다는 뜻이란다. 이 모든 것들이 그 칸 구석에 자리 잡고 있었고, 게다가 사방 벽에는 각양각색의 자잘한 그림들이 도배되어 있었거든. 그러니까 너는 (마리가 이날 밤 들은 대로) 클레르헨 아가씨라는 그 새 인형이 '이런' 방에서라면 잘 지내지 않을 수 없다는 걸 충분히 상상할 수 있을 거야.

밤이 깊어 자정이 코앞에 닥쳐왔다. 아이들이 유리 장식장에 붙어 떠날 줄을 모르자, 아이들의 어머니는 그만 자러 가는 것이 좋겠다고 몇 번이나 아이들에게 경고를 했다. 드로셀마이어 대부는 집으로 돌아간 지 오래였다. “맞아요.” 마침내 프리츠가 소리쳤다. “이 불쌍한 녀석들(자기의 경기병 부대를 염두에 두고 한 말이다.)도 이제 쉬고 싶어 해요. 내가 여기에 있으면 이 불쌍한 녀석들은 잠깐 조는 것조차도 못하니까요. 아까부터 그런 줄 알고 있었어요.” 그렇게 말하면서 프리츠는 방을 나갔다. 하지만 마리는 통사정을 했다. “조금만 더 있게 해 주세요. 어머니, 진짜로 조금만 더요. 아직 돌봐야 할 것이 많아서 그래요. 다 끝나면 곧바로 자러 갈게요!” 마리는 온순하고 어리석은 일을 하지 않는 아이였던 터라, 선량한 어머니는 별 걱정 없이 마리가 장난감들 곁에 혼자 있는 것을 허락했다. 그래도 어머니는 마리가 새로 받은 인형들과 예쁜 장난감들에 넋이 팔려 벽 장식장 주위에서 타고 있는 촛불을 잊어버릴까 봐, 촛불은 모두 끄고 방 한가운데 있는 램프만 켜 두었다. 천정에서부터 늘어진 램프의 불빛이 부드럽고 아늑하게 방 안에 퍼졌다. “오래 있지 말고 얼른 들어와라. 그렇지 않으면 내일 아침 제시간에 못 일어날 수 있어.” 마리의 어머니가 침실로 들어가면서 큰 소리로 말했다. 혼자 남게 되자 마리는 서둘러 움직였다. 원래 마음먹었던 일을 하려던 것이었다. 왜 그랬는지는 마리 자신도 알 수 없었지만, 어찌되었든 마리는 그 일을 어머니가 알게 하고 싶지 않았다. 그때까지도 마리는 다친 호두까기 인형을 자기의 손수건에 싼 채 여전히 팔에 안고 있었다. 이제 마리는 호두까기 인형을 조심스레 탁자 위에 눕혔다. 그러고는 조심조심 손수건을 풀고 상처를 살펴보았다. 호두까기 인형은 무척 창백했고 그런 중에도 상냥하게 미소를 짓고 있는 모습이 너무나도 안쓰러워, 마리는 정말이지 마음이 에이는 것만 같았다. "아, 호두까기 인형." 마리는 아주 조그만 목소리로 말했다. "프리츠 오빠가 널 이렇게 아프게 했다고 해서 너무 화내지 마. 오빠도 그렇게 못되게 굴려던 건 아니었어. 거친 병정들하고 있다 보니 조금 거칠어진 것뿐이야. 평소에는 아주 착해. 그건 내가 장담할 수 있어. 이제 내가 널 정말로 꼼꼼하게 보살펴 줄게. 네가 다시 아주 건강하고 기분이 좋아질 때까지 말이야. 네 이도 제자리에 다시 잘 박아 주고, 네 어깨도 잘 움직이게 해 줄게. 드로셀마이어 대부님이 그렇게 해 주실 거야. 그런 일은 대부님이 잘 알고 계시거든." 그러나 마리는 이 말을 끝까지 다 할 수가 없었다. 마리가 드로셀마이어라는 이름을 내뱉자 친구인 호두까기 인형의 입이 몹시 심하게 일그러지고, 두 눈에서 가시 모양의 녹색 불꽃이 뿜어져 나왔던 것이다. 그런데 마리가 소스라치게 놀라려던 그 순간, 호두까기 인형이 다시 안쓰럽게 미소를 띈, 원래의 충실한 얼굴로 마리를 바라보고 있었다. 이제 마리는 웃풍에 램프 불이 일렁이다가 화르륵 불꽃이 타오르며 일으킨 섬광에 호두까기 인형의 얼굴이 순간적으로 일그러져 보였음을 알 수 있었다. "놀라기도 쉬이 놀라고 그것도 모자라서 한갓 나무 인형이 나에게 얼굴을 찡 그럴 수 있다고 믿기까지 하다니, 내가 바보가 아니고 뭐람! 그래도 나는 호두까기 인형이 정말 너무너무 좋아. 아주 우스꽝스럽지만 그래도 진짜 착한 것 같아. 그러니까 당연히 보살핌을 받을 수밖에 없지." 그렇게 말하면서 마리는 호두까기 친구를 안고 장식장으로 다가갔다. 그러고는 장식장 앞에 쪼그리고 앉아 새 인형에게 이렇게 말했다. "클레르헨 아가씨, 제발 부탁해요. 상처 입고 아픈 호두까기 인형에게 침대 좀 내주세요. 그리고 당신은 아무 탈도 없으니 침대 대신 소파를 쓰고요. 생각해 봐요, 당신은 아주 건강하고 진짜 튼튼하잖아요. 그렇지 않다면 당신의 뺨이 그렇게 짙고 붉을 리가 없겠죠. 그리고 아무리 아름답더라도 저렇게 부드러운 소파를 가진 인형도 거의 없고요."

클레르헨 아가씨는 윤기가 흐르는 크리스마스 드레스를 완전히 갖춰 입고 있어 아주 우아하면서도 짜증이 난 것 같아 보였다. 그렇다고 "쳇!" 하며 토라진 소리를 낸 것은 아니었다. "내가 지금 상황을 따질 때가 아니지."라고 말하며 마리는 침대를 꺼내어 아주 조심스럽고 부드러운 손길로 호두까기 인형을 그 위에 눕혔다. 그러고는 평소 몸에 두르고 다니던 예쁜 띠로 다친 어깨를 감아 준 다음, 코밑까지 이불을 끌어올려 덮어 주었다. "예의 없는 클레르헨 곁에 호두까기 인형을 둘 수는 없지." 마리는 또 이렇게 말하면서 누워 있는 호두까기 인형과 침대를 아예 통째로 꺼내어 프리츠의 경기병들이 주둔하고 있는 위 칸의 아름다운 마을 곁에 바싹 붙여 놓았다. 마리는 장식장의 문을 닫고 침실로 들어가려고 했다. 그때였다. —얘들아, 귀 기울여 잘 들어 보렴!— 바로 그때 나직나직 소곤거리는 소리, 귓속말하는 소리, 바스락거리는 소리가 들리기 시작했다. 소리는 사방에서 났다. 난로 뒤에서도 났고 의자 뒤, 온갖 장식장들 뒤에서도 났다. 그사이 또 벽시계에서는 도—옥다—악, 도—옥다—악 하는 소리만 점점 더 커질 뿐 종이 울리지 않는 것이었다. 마리는 시계 쪽을 바라보았다. 금으로 도금한 커다란 부엉이가 시계 위에 앉아 시계가 몽땅 뒤덮이도록 날개를 늘어뜨리고 있는 모습이 눈에 들어왔다. 게다가 부리가 심하게 휜, 못생긴 고양이 같은 얼굴을 앞으로 쭉 뺀 채로 있는 게 아닌가. 도—옥다—악 소리는 점점 더 거세지고, 그 사이로 이렇게 말하는 소리가 들렸다.

"시계여, 시계들이여, 시계들이여, 시계들이여,

도—옥다—악 모두들 나직이 울릴지어다. 도—옥다—악 소리 죽여 울릴지어다.

생쥐 대왕은 귀가 밝으니.

그저 도—옥다—악, 도—옥다—악 노래하라.

생쥐 대왕에게 친숙한 노래를 들려주라.

도—옥다—악 괘종을 쳐라, 시계추여, 괘종을 칠지어다.

그가 곧 결딴나리니!"

그러자 덕덕 하는 아주 둔탁하고 갈라지는 것 같은 소리가 열두 번 울렸다! 마리는 겁이 나기 시작했다. 그러다가 드로셀마이어 대부가 부엉이 대신 벽시계 위에 앉아서 노란 윗도리의 옷자락을 날개처럼 양쪽으로 늘어뜨리고 있는 걸 보았을 때는, 너무나 놀란 나머지 하마터면 달아날 뻔했다. 하지만 마리는 용기를 내어 큰 소리로 울먹이며 소리쳤다. "드로셀마이어 대부님, 드로셀마이어 대부님, 그 꼭대기에서 뭘 하시려는 거예요? 어서 제가 있는 곳으로 내려오세요. 절 이렇게 놀라게 하지 마시고요. 대부님, 나빠요!" 그때였다. 갑자기 사방에서 미친 듯 키득거리는 소리와 휘익휘익 휘파람 소리가 들리기 시작했다. 그러더니 곧 수천 개의 작은 발이 한데 모인 듯 잰걸음으로 빠르게 걷고 달리는 소리가 벽 뒤에서 들려왔고, 또 수천 개의 작은 불빛이 갈라진 마루 틈새로 새어 나오는 것이었다. 그러나 아니었다. 그것은 작은 불빛이 아니었다! 그것은 불꽃처럼 번득이는 작은 눈들이었다. 마리는 사방에서 생쥐들이 밖을 내다보며 밖으로 나오려 하는 걸 알아차렸다. 곧 거실 사방으로 자박자박, 훽훽 뛰어다니는 소리가 났고, 불꽃 같은 번득임도 점점 더 강렬해졌다. 그리고 점점 더 많은 생쥐들이 무리를 지어 이리저리 질주하더니, 마침내 프리츠가 전투에 나갈 때 병사들을 세워 놓던 것과 같이 대열을 이루는 것이었다. 마리에게는 그 모습이 무척이나 앙증맞게 여겨졌다. 게다가 마리는 다른 많은 아이들처럼 쥐를 보면 본능적으로 피하는 아이가 아니었다. 그 때문에 모든 두려움이 곧 사라지려던 바로 그 순간 갑자기 휘익 하는 휘파람 소리가 났다. 소리가 어찌나 무섭고 예리한지 마리는 등줄기가 서늘해졌다. 아, 그리고 이제 마리 앞에 나타난 것이란! 물론, 친애하는 독자 프리츠야, 나는 네가 똑똑하고 용감한 우리의 야전 장군인 슈탈바움 씨네 프리츠 못지않게 아주 담대하다는 걸 잘 알고 있단다. 하지만 이제 마리가 마주치게 된 것, **그런 것**을 맞닥뜨리게 된다면, 너는 아마도 도망치고 말 것 같구나. 그뿐 아니라 재빨리 침대로 뛰어 들어가 머리끝까지 이불을 뒤집어썼을 거라는 생각도 드는걸. 아! 하지만 불쌍한 마리는 그것마저도 할 수 없었지. 그도 그럴 것이, 한번 들어 보렴. 마치 땅속에서 엄청난 힘이 요동치는 것처럼 마리의 발치에서 뿌옇게 모래가 솟구쳐 오르고 석회 가루와 벽돌 조각들이 사방으로 흩어지는가 싶더니, 생쥐 머리 일곱 개가 각기 번쩍이는 왕관을 하나씩 쓰고 찍찍거리는 끔찍한 소리, 휘휘 휘파람 소리를 내며 바닥에서 솟아올랐거든. 그리고 뒤이어 일곱 개의 머리가 한데 붙어 뻗어 나온 생쥐의 몸통도 완전히 모습을 드러냈단다. 그러자 일곱 개의 다이아몬드로 치장한 거대한 쥐를 향해 생쥐 무리 전체가 큰 소리로 만세 삼창을 합창하며 찍찍찍 환호성을 질러 댔지. 그러고는 갑작스레 움직이기 시작했단다. 전진, 전진, 달려라, 달려! 하며. 아, 곧장 장식장으로, 그때까지 꼼짝도 하지 못하고 여전히 장식장의 유리문에 바싹 붙어 서 있는 마리에게로 달려드는 것이었어. 마리는 두렵고 떨린 나머지, 어찌나 심장이 뛰었는지 금방이라도 심장이 가슴 밖으로 튀어나와 죽을 것만 같았다. 하지만 그 순간이 지나고 나자 이제는 온몸의 피가 멈춘 것 같은 느낌이 들었다. 마리는 반쯤 정신이 나간 채 뒷걸음질을 쳤다. 그때였다. 쨍그랑, 쨍그르르 하는 소리가 나더니 장식장의 유리창이 산산이 부서졌다. 마리의 팔꿈치에 부딪힌 유리가 깨진 것이었다. 그 순간 마리는 왼쪽 팔에 심하게 찌르는 것 같은 아픔을 느꼈지만, 불현듯 마음은 아까보다 훨씬 가벼워지는 느낌을 받았다. 더 이상 찍찍거리거나 휘익휘익 휘파람을 부는 것 같은 소리가 들리지 않았기 때문이었다. 사방이 아주 고요해졌다. 그렇다고는 해도 굳이 살펴보고 싶은 마음은 없었다. 그저 쨍그랑 하고 유리창이 깨지는 소리에 쥐들이 깜짝 놀라 다시 쥐구멍으로 후퇴했나 보다는 생각만 했을 뿐. 그런데 이건 또 무슨 소리란 말인가? 마리의 바로 뒤 장식장에서 흔히 듣던 것과는 다른 식의 어떤 웅성거리는 소리가 나는가 싶더니, 가느다란 목소리들이 이렇게 말하는 것이 들렸다.

“기상,

기상,

싸우러 나가자

오늘 밤이 다 가기 전에

기상

일어나 전장으로 나가자!"

그 사이로 잘 어우러진 종소리가 너무나도 아름답고 우아하게 울려 퍼지는 것이 아닌가! "아, 이건 내 조그만 차임벨 소리잖아!" 마리는 기뻐서 소리치며 재빨리 옆으로 비켜섰다. 그러자 장식장 안에 환하게 불이 켜진 모습과 무엇인가 이리저리 분주하게 움직이는 모습이 눈에 들어왔다. 그것은 작은 팔을 휘휘 저으며 이리 뛰고 저리 뛰는 여러 개의 인형들이었다. 그런데 호두까기 인형이 갑자기 벌떡 일어나는 것이었다. 그런 다음 호두까기 인형은 이불을 멀찍이 걷어붙이고 침대를 박차고 나와 두 발로 버티고 서서는, 동시에 큰 소리로 외쳤다.

"딱, 딱, 딱,

어리석은 생쥐 떼들아

어리석고 말도 안 되는 잡소리로다

생쥐 떼들

딱딱

생쥐 떼들아

따각 딱

실로 잡소리로다."

이렇게 말하면서 호두까기 인형은 옆에 차고 있던 작은 칼을 빼어 들고 공중에 휘둘렀다. 그러고는 큰 소리로 외쳤다. "그대들, 친애하는 나의 부하들과 친구들 그리고 형제들이여, 나를 도와 격렬한 전투를 함께 치르겠는가?" 그 즉시 스카라무슈* 셋과 판탈로네** 하나, 굴뚝 청소부 넷, 치터*** 연주자 둘과 북치기 병정 하나가 격정적으로 외쳤다. "예, 대장님! 우리는 언제나 흔들리지 않고 대장님께 충성을 다할 것입니다. 죽음도, 승리도, 전투도 대장님과 함께하겠습니다." 그러고는 위험을 감수하고 뛰어내리는 호두까기 인형을 따라 위 칸에서 아래쪽을 향해 몸을 던졌다. 물론! 인형들은 수건과 비단으로 만든 옷을 몇 겹씩 입고 있는 데다, 몸 안에도 목화솜과 지푸라기 외에는 별로 든 것이 없어서 뛰어내리기 좋았다. 그래서 다들 양털 자루처럼 풀썩풀썩 떨어졌다. 하지만 불쌍한 호두까기는 분명 팔다리가 부러질 게 뻔했다. 호두까기가 서 있던 곳에서 장식장 맨 밑 칸까지는 높이가 거의 2피트나 되었다는 걸 생각해 보라. 게다가 호두까기 인형의 몸은 영락없이 보리수 목재로 깎아 다듬은 것처럼 뻣뻣하기 이를 데 없었다. 그랬다. 그러니 호두까기 인형은 분명 팔다리가 부러지고 말았을 것이다. 클레르헨 아가씨가 호두까기 인형이 뛰어내리던 바로 그 순간, 잽싸게 소파에서 몸을

---

* 고대 이탈리아의 희극에 등장하는 광대로 겁쟁이인 동시에 허풍쟁이를 대변하는 인물상.

** 이탈리아 민중 희극에 등장하는 인색하고 바람기 많은 늙은이.

*** 기타 몸통과 비슷하게 생긴 평평한 공명 상자에 30~45개의 현이 달린 악기.

튕겨 칼을 빼어 든 채 곧바로 떨어지던, 이 영웅을 연약한 두 팔로 붙잡지 않았더라면 말이다. 마리는 훌쩍이며 이렇게 말했다. “아, 착하고 사랑스러운 클레르헨 아가씨! 내가 단단히 오해했네요. 아가씨라면 친구인 호두까기 인형에게 기쁜 마음으로 침대를 내주었을 텐데 말이에요!” 클레르헨 아가씨는 이 젊은 용사를 비단옷을 입은 자신의 가슴에 지그시 품고는 이렇게 말했다. “아, 대장님, 이렇게 상처를 입고 아픈 몸으로 위험을 무릅쓰고 전쟁터에 나가려 하시다니, 안 돼요. 자 보세요. 대장님의 용감한 부하들이 전투욕에 불타 승리를 확신하며 모였잖아요. 벌써 스카라무슈와 판탈로네, 굴뚝 청소부, 치타 연주자 그리고 북잡이 병사까지 내려왔답니다. 게다가 제가 있는 이 칸의 격언 인형*들도 움직임이 심상치 않답니다! 오, 대장님. 그러니 제 팔에 안겨 편히 쉬시거나 제 깃털 모자 위에서 대장님의 승리를 구경하시지요!” 하지만 호두까기 인형이 어찌나 거칠게 몸을 비틀며 두 다리로 버둥거렸던지, 클레르헨은 얼른 호두까기를 바닥에 내려놓을 수밖에 없었다. 하지만 바닥에 내리자 호두까기는 아주 공손하게 한쪽 무릎을 꿇고 이렇게 속삭였다. “오, 숙녀님! 당신이 저에게 표하신 은덕과 호의는 전장에 나가서도 늘 기억하겠습니다!” 그러자 클레르헨 아가씨는 호두까기 인형의 작은

---

* 속담이나 금언이 적힌 종이를 달고 있는 인형으로 주로 방패에 등장하는 동물의 형상을 본 딴 것들이다.

팔을 잡으려고 몸을 깊숙이 숙인 다음, 호두까기 인형을 부드럽게 일으켜 주었다. 그러고는 서둘러 갖은 장식품으로 치장한 자신의 복대를 풀어 이 작은 남자에게 걸쳐 주려고 했다. 하지만 작은 남자는 두 걸음 뒤로 물러선 다음 한 손을 가슴에 얹고 아주 정중하게 말했다. "오, 숙녀님, 이러지 마십시오. 저에게 이렇게 호의를 베푸시다니 지나친 호의가 될 것 같군요. 왜냐하면……." 작은 남자는 말을 잇지 못하고 깊은 한숨을 쉬었다. 그러고는 마리가 감아 주었던 가느다란 띠를 얼른 어깨에서 풀어 입술에 댄 다음, 야전용 가죽띠처럼 허리에 둘렀다. 그리고 번쩍이는 칼을 용감하게 휘두르며 새처럼 재빠르고 날쌔게 장식장의 홈을 넘어 마룻바닥으로 뛰어내렸다. 너희들이 이 이야기를 엄청나게 좋아하리라는 것 그리고 아주 뛰어난 독자들이어서 아마도 눈치를 챘을 거라는 생각이 든다. 호두까기 인형이 진짜로 살아 움직이기 전부터 일찌감치 마리가 그에게 보여 준 모든 선행과 애정을 분명하게 느꼈었다는 것, 더군다나 마리가 너무나도 좋아졌기 때문에 클레르헨 아가씨의 복대를 받거나 두르려는 생각은 하지도 않았다는 것을. 그 복대가 그토록 영롱하고 아름다워 보였는데도 의리 있고 선량한 호두까기 인형은 그것에 아랑곳하지 않고, 오히려 마리의 소박한 띠를 둘렀다는 것을. 이제 어떤 이야기가 우리를 기다리고 있을까? 호두까기 인형이 뛰어내리자 그에 맞춘 듯 찍찍거리고 휘휘거리는 휘파람 소리가 다시 시작되었다. 아! 커다란 탁자 밑에 험악한 생쥐들이 수도 없이 많이 멈춰 서 있었다. 또 그 무리들 위로는 보기에도 끔찍한 머리 일곱 달린 생쥐 대왕이 버티고 서 있었다! 이 이야기는 앞으로 어떻게 펼쳐질까!

전투

“충직한 나의 부하 북잡이 병사여, 행진곡을 치도록 하라!” 호두까기 인형이 우렁차게 소리쳤다. 북잡이 병사는 그 즉시 아주 노련하게 북채를 돌려가며 북을 치기 시작했다. 유리 장식장의 창문이 부르르 떨리며 웅웅거리기 시작했다. 그러더니 이번에는 지끈거리며 뭔가 쪼개지는 소리가 나는가 싶더니 달각달각대는 소리도 들렸다. 곧이어 마리는 프리츠의 군대가 숙영 중인 상자의 뚜껑이 힘차게 열리고, 상자 안에서 병사들이 몰려나와 맨 아래 칸으로 뛰어내리는 걸 보았다. 아래로 내려간 병사들은 흐트러짐 없이 대오를 지으며 한데 모였다.

호두까기 인형은 오르락내리락하며 병사들의 사기를 북돋았다. “어찌하여 나팔수들은 하나도 움직이지 않나.” 호두까기 인형이 노여워하며 소리를 질렀다. 그런 다음 하얗게 질린 채 긴 턱을 달달 떨고 있는 판탈로네에게로 재빨리 돌아서서 격식을 차려 말하였다. "장군, 나는 장군의 용기와 경험을 잘 알고 있소. 순간순간을 빠르게 조망하고 이용하는 건 여기서도 요긴하오. 장군에게 전체 기병대와 포병대에 대한 지휘권을 맡기겠소. 장군은 말을 탈 필요가 없을 것 같소. 긴 다리를 지녔으니 그 다리로 달리면 될 것 같군요. 자, 이제 맡은 바 임무를 실행에 옮기시오." 그 즉시 판탈로네는 길쭉하고 마른 손가락들을 입에 대고 새된 소리를 냈다. 그 소리가 얼마나 귀청을 찢을 듯 날카로웠는지, 마치 낭랑한 백 대의 나팔을 유쾌하게 불어 대는 소리 같았다. 그때였다. 장식장 안에서 히히힝 하는 말 울음소리와 함께 말이 발을 구르는 소리가 났다. 보라. 기마병과 용기병* 그리고 무엇보다도 아직 윤기가 흐르는 새 경기병 부대까지 총출동하여 아래쪽 마룻바닥에 멈추어 섰다. 이제 각 연대가 호두까기 인형이 보는 가운데 깃발을 펄럭이고 악기를 연주하며 분열 행진을 시작하였다. 그런 다음 방바닥 위에 널찍하게 횡렬로 열을 정렬하여 섰다. 그들 앞으로 프리츠의 대포가 포병들에게 에워싸인 채로 쩔겅쩔겅 지나갔다. 곧이어 쾅쾅 대포 소리가 났다. 마리는 빽빽하게 몰려 있는 생쥐 떼 위로 사탕이 쏟아지고,

* 기마병의 한 종류로 개머리판에 용 모양이 새겨진 총을 들고 갑옷을 입고 다님.

생쥐들이 하얗게 사탕가루를 뒤집어쓰고 창피해서 어쩔 줄 모르는 걸 보았다. 하지만 무엇보다도 생쥐들에게 많은 피해를 입힌 건 중무장한 포병 대대였다. 포병 대대는 마리의 어머니가 쓰는 발 받침대 위로 포를 몰고 가서 콰광 쾅 콰광, 연달아 생쥐 무리 속으로 후추 과자*를 쏘아 대어 생쥐들을 쓰러뜨렸다. 하지만 생쥐들은 점점 더 거리를 좁혀 왔고, 몇 대의 포는 무력으로 뭉개 버리기까지 했다. 그런데 그 순간 콰르르 쾅 콰르르 하는 소리가 났다. 마리는 자욱한 연기와 먼지 때문에 무슨 일이 벌어지고 있는지 거의 볼 수가 없었다. 그래도 확실히 알 수 있었던 건, 각 부대마다 극도로 치열하게 싸우고 있고 이기는 편, 지는 편을 가리기 힘들 정도로 전세가 왔다갔다 요동치고 있다는 것이었다. 생쥐들은 점점 더 크게 무리를 지었고, 이미 장식장 안으로는 생쥐들이 능숙한 솜씨로 돌려 던진 은색의 작은 알갱이들이 날아들고 있었다. 클레르헨 아가씨와 트루트헨 아가씨는 이리저리 뛰어다니며 작은 두 손을 비벼 댔는데, 어찌나 심하게 비벼 댔는지 상처가 다 날 정도였다. "한창 꽃다운 청춘에 죽어야 하다니! 나, 인형들 중 가장 아름다운 내가!" 클레르헨 아가씨가 울부짖었다. "사방이 벽으로 싸인 이곳에서 죽자고, 그러자고 내가 여태껏 이렇게 곱디곱게 살았단 말인가?" 트루트헨

---

* 하얀 당분 가루를 입힌 작고 둥글게 빚은 과자.

아가씨 역시 소리를 질러 댔다. 그러더니 둘 다 쓰러져 서로 목을 얼싸안고 꺼이꺼이 목 놓아 울부짖었다. 그 엄청난 난리 법석 속에서도 그 소리가 들릴 정도로 둘의 울음소리는 실로 엄청났다. 지금 이 이야기에 귀를 기울이고 있는 친구들이여, 너희들은 지금 벌어지는 것과 같은 소란스러운 광경은 상상하기도 힘들 거다. 콰과광, 콰과과광, 퍽, 퍼벅, 쉬익 쿵, 쉬익 쿵쿵, 쿠궁, 쿵 쿠궁, 쿠쿵, 모든 것이 뒤죽박죽인데 그 와중에 생쥐 대왕과 생쥐들이 찍찍거리며 소리를 질러 댔고, 그러고 나면 곧이어 군에 필요한 명령을 내리느라 잔뜩 힘을 준 호두까기 인형의 목소리가 들려왔고, 그런가 하면 호두까기 인형이 포화 속에서 사격 중인 대대 위로 이리저리 넘나드는 모습도 보였다. 판탈로네는 기병대들을 이끌고 적을 공격하여 몇 차례 혁혁한 공을 세워 명성을 얻었으나, 프리츠의 경기병들은 생쥐 포병대에게서 흉측한 생김새에 악취까지 풍기는 포탄의 공격을 받았고 이 포탄 때문에 빨간 경기병 조끼에 심각한 얼룩이 남자 그것을 이유로 오른쪽으로는 한 발짝도 전진하려고 하지 않았다. 판탈로네는 경기병들에게 방향을 틀어 왼쪽으로 가도록 했다. 하지만 너무 열광적으로 지휘를 하다가 그만 경기병들과 같은 쪽으로 방향을 틀었고, 그의 휘하에 있던 기마병들과 용기병들 또한 그를 따라 같은 방향으로 돌아서고 말았다. 다시 말해 모두 다 왼쪽으로 방향을 틀어 집으로 가게 된 것이었다. 그리하여 마리 어머니의 발 받침대 위에 자리를 잡고 있던 포병대는 위험에 빠지고 말았다. 얼마 지나지 않아 험악하게 생긴 한 떼의 생쥐들이 빽빽하게 몰려와 얼마나 거세게 돌격을 했는지, 포병들과 대포를 고스란히 얹은 채로 받침대가 통째로 뒤집히고 말았다. 호두까기 인형은 엄청나게 당황한 듯했다. 이제 호두까기 인형은 부대의 오른쪽 진영에 대고 퇴각 명령을 내렸다. 오, 내 얘기를 듣고 있는 프리츠야, 너는 전쟁을 해 보았으니 이런 행동이 도망치는 것이나 별로 다를 바 없다는 것을 알 것이다. 그러므로 너 역시도 벌써부터 나처럼 마리가 사랑하는 이 작은 호두까기 인형의 군대에 들이닥칠 불행을 생각하며 애통해할 것 같다. 그래도 이 불행에서 눈을 돌려 호두까기 휘하의 왼쪽 진영을 보길 바란다. 이곳의 상황은 아직 매우 좋은 편이었고, 야전 사령관이나 군대에 많은 희망을 걸어 볼 만했다. 전투의 열기가 극에 달하는 동안 서랍장 밑에서 엄청난 무리의 생쥐 기마병들이 소리 죽여 나왔다. 그러고는 분노에 차서 큰 소리로 끔찍하게 찍찍거리며 호두까기 인형의 왼쪽 진영에 덤벼들었다. 하지만 생쥐 기병대들은 예상치 않은 저항에 부딪히게 되었으니! 장식장의 문턱을 지나야 하는 지형적인 어려움에도 굴하지 않고, 중국 황제 두 명의 지휘에 따라 격언 인형 군단이 천천히 전진하였고, 그런 다음에 전투 대형으로 정렬했다. 많은 정원사와 티롤 사람들, 퉁구스 족, 이발사, 광대, 큐피드, 사자, 호랑이, 긴꼬리원숭이 그리고 흔히 보는 원숭이 등으로 이루어진 무척이나 다채롭고 멋진 이 군단은 침착하면서도 용감하고 또 끈기 있게 전투에 임했다. 스파르타 군인들과 같은 용맹함까지 갖추었으니 이 정예 대대는 분명 적에게서 승리를 거두었으리라. 무모할 정도로 용감무쌍한 적군 기병 대위 하나가 물불 가리지 않고 군단 속을 파고들어 중국 황제 한 명의 머리를 물어뜯지 않았더라면, 그리고 황제가 쓰러지면서 퉁구스 족 두 명과 긴꼬리원숭이 한 마리를 쳐 죽이지 않았더라면 말이다. 이로 인해 균열이 생기면서 적군이 밀고 들어왔고, 곧이어 격언 인형 전 대대가 물어뜯기게 되었다. 그러나 이런 악행에도 적군은 그다지 이득을 거두지 못했다. 생쥐 기병대의 병사 하나가 살의에 차서 용맹한 적군인 격언 인형의 몸통 한가운데를 물어뜯다가, 격언이 적힌 작은 쪽지에 목이 찔려 그 자리에서 즉사하고 말았던 것이다. 그런데 이 사건이 호두까기 인형의 군대에 도움을 주었냐고? 한번 후퇴하기 시작한 호두까기 인형의 군대는 계속 후퇴하며 점점 더 많은 대원을 잃게 되었고, 결국 불행한 호두까기 인형은 이제 얼마 남지 않은 소수의 무리를 이끌고 유리 장식장 바로 앞에 멈춰 선 신세가 되었다. "예비군은 출격하라! 판탈로네, 스카라무슈, 북잡이 병사, 모두들 어디 있는가?" 호두까기 인형은 장식장 안에서 새 부대가 무리 지어 나오길 바라며 소리를 질렀다. 그러자 정말로 생강 과자로 만든 갈색의 남자들과 여자들 몇 명이 황금빛 얼굴에 모자와 투구를 쓰고 장식장 밖으로 나왔다. 하지만 모두들 칼 휘두르는 솜씨가 어찌나 서투른지, 단 한 명의 적군도 치지 못했을 뿐만 아니라 애꿎게도 자기편 야전 사령관인 호두까기 인형의 모자만 떨어뜨릴 뻔했다. 곧이어 적의 포수들이 새로 등장한 이 병사들의 다리를 물어뜯는 바람에 새 부대의 병사들은 고꾸라지면서 호두까기 인형의 전우들 중 몇 명을 몸으로 쳐서 전사시키고 말았다. 호두까기 인형은 이제 빽빽하게 몰려든 적에게 둘러싸여 극도의 두려움과 곤경에 빠지게 되었다. 장식장으로 뛰어오르려 해 보았지만 그러기에는 다리가 너무 짧았다. 클레르헨 아가씨와 트루트헨 아가씨는 기절한 채로 누워 있어서 호두까기 인형을 도와줄 수가 없었고, 경기병과 용기병들은 얄궂게도 호두까기 인형을 지나쳐 장식장으로 뛰어 들어가는 것이었다. 그러자 호두까기 인형은 절망감을 숨기지 못한 채 이렇게 소리 질렀다. "말, 말, 말 한 필만 준다면 왕국이라도 내주리라!"* 이 순간 적의 척후병 둘이 호두까기 인형의 나무로 된 외투를 움켜잡았다. 이것을 본 생쥐 대왕이 승리를 확신하며 일곱 개의 목청을 돋우어 찍찍거리며 다가왔다. 마리는 더 이상 가만히 있을 수가 없었다. "오, 불쌍한 내 호두까기! 불쌍한 내 호두까기 인형!" 소리를 지르며 훌쩍이던 마리는 자기가 무슨 행동을 하는지 전혀 인식하

---

* 셰익스피어의 역사극『리처드 3세』에 나오는 대사.

지도 못한 채, 오른쪽 실내화를 벗어 들고 발 디딜 틈 없이 모여든 생쥐 무리들 속의 생쥐 대왕을 향해 있는 힘껏 신발을 던졌다. 그 순간 마리는 생쥐들이 전부 뿔뿔이 흩어져 달아나는 걸 본 것 같았다. 하지만 찌르는 듯한 통증이 왼쪽 팔로 밀려오면서 그대로 기절하여 바닥에 쓰러지고 말았다.

병이 난 마리

마리가 죽음과도 같은 깊은 잠에서 깨어났을 때, 마리는 자기가 쓰던 작은 침대에 누워 있었다. 얼음 결정으로 덮인 창문을 뚫고 햇살이 불꽃처럼 반짝이며 환하게 방안을 비추고 있었다. 어떤 낯선 사람이 마리 곁에 바싹 붙어 앉아 있었는데, 마리는 이내 그 사람이 외과 의사인 벤델슈테른 씨임을 알아차렸다. 벤델슈테른 씨가 나직한 목소리로 말했다. "이제 깨어났습니다!" 그러자 어머니가 다가와 근심 어린 얼굴로 찬찬히 마리를 살펴보았다. "아, 어머니. 이제 그 못생긴 생쥐들은 모두 갔나요? 그리고 착한 호두까기 인형은 살아 있나요?" 어린 마리는 누가 들을 새라 소곤거리며 말했다. "그런 철딱서니 없는 말일랑 하지도 마라, 마리야." 마리의 어머니는 그러면서 이렇게 말했다. “생쥐랑 호두까기 인형이 무슨 상관이 있다고 그러니? 그런데 너 이 고약한 녀석, 너 때문에 우리 모두 얼마나 걱정했는지 모른다. 이게 다 아이들이 고집을 부리며 부모의 말을 듣지 않아서 생긴 일이야. 너는 어제 밤이 깊을 때까지 네 인형들을 데리고 놀았단다. 졸음이 쏟아지는 데다, 아마 평소에는 구경도 못하던 생쥐가 튀어 나와서 널 놀라게 했었나 보다. 자, 이 이야기는 이만하면 됐고. 아무튼 네가 팔꿈치로 유리문을 치는 바람에 팔뚝이 유리에 깊이 베였단다. 그리고 여기 계신 벤델슈테른 선생님이 네 상처에 박혀 있던 유리 조각들을 빼내셨지. 선생님이 말씀하시더구나. 유리가 혈관을 파고들었다면 너는 영영 팔을 구부릴 수 없게 되었거나 피를 너무 많이 흘려 죽었을지도 모른다고. 내가 자정에 잠이 깨어, 그렇게 밤이 깊도록 네가 들어오지 않은 걸 알아차리고, 거실로 나가 본 건 정말이지 감사할 일이지. 거실에 가 보니까 네가 거실 유리 장식장에 바싹 붙어서 기절한 채로 바닥에 누워 있더구나. 피를 엄청나게 흘리면서 말이야. 얼마나 놀랐던지 나도 바로 기절할 것만 같았단다. 너는 거기에 그렇게 누워 있고, 네 주변으로는 프리츠의 많은 납 병정 인형들과 또 다른 인형들, 부서진 격언 인형들, 생강과자 인형들이 흐트러져 있는 게 보였단다. 하지만 호두까기 인형은 피가 흐르는 네 팔 위에 누워 있더구나. 그리고 거기서 얼마 떨어지지 않은 곳에는 네 왼쪽 신발이 있었고.” “아, 엄마, 엄마!” 마리가 끼어들어서 말했다. "그거 봐요. 그게 바로 인형들이랑 생쥐들 사이에 벌어진 엄청난 전투에서 남은 흔적들이에요. 그리고 저는 생쥐들이 인형들을 호령하던 불쌍한 호두까기를 체포하려는 걸 보고 너무 놀랐던 것일 뿐이고요. 그래서 생쥐들 사이로 제 신발을 던진 건데, 그다음에 무슨 일이 벌어졌는지는 전혀 모르겠어요." 외과 의사 벤델슈테른 씨가 어머니에게 주의를 주는 눈길을 보냈다. 그러자 어머니는 아주 부드러운 말투로 이렇게 말했다. "그 이야기는 그만하자, 얘야! 이제 안심해라. 생쥐는 전부 멀리 가 버렸고, 호두까기 인형도 몸성히 즐거운 표정으로 장식장 안에 서 있으니까 말이야." 그러고 나자 의료 관료인 마리의 아버지가 방으로 들어왔다. 마리의 아버지는 벤델슈테른 씨와 한참 동안 이야기를 나눈 다음 마리의 맥을 짚었다. 마리는 창상열* 이야기를 들은 것 같았다. 마리는 팔뚝에서 느껴지는 얼마간의 통증 외에는 별로 아프거나 불편한 느낌이 없었는데도 약을 복용하고 침대에 누워 지내야 했다. 그것도 며칠씩이나. 마리는 호두까기 인형이 전투에서 건강한 몸으로 구출되었다는 걸 알았다. 그래서인지 호두까기 인형이 아주 애처로운 목소리였지만 또박또박 했던 말, '마리, 세상에서 가장 소중한 숙녀님, 저는 당신에게 많은 신세를 졌습니다. 그러나 당신은 아직도 저

---

* 뾰족한 칼날이나 유리에 찔려 다친 상처가 세포 조직 내에서 감염을 일으켜 몸의 일부, 혹은 전신에 발열이 나타나는 증세.

를 위해 더 많은 걸 할 수 있는 분이랍니다.'라고 했던 말이 가끔씩 꿈속에서 들은 것처럼 느껴지곤 했다. 마리는 그것이 대체 무슨 일일까 곰곰이 생각해 보았지만 소용없었다. 아무 생각도 떠오르지 않았다. 마리는 상처 난 팔 때문에 전혀 놀 수가 없었다. 책을 읽거나 그림책을 보려고 했지만 이상하게도 눈앞이 어른거려 그만둘 수밖에 없었다. 이제 마리는 시간이 진짜로 길게 늘어난 것만 같았다. 그러자니 해질 녘까지 기다리기가 너무나도 힘들었다. 저녁때면 어머니가 마리의 침대 옆에 앉아 아주 아름다운 이야기를 읽어 주거나 직접 들려주곤 했던 것이다. 마리의 어머니가 파카르드딘 왕자에 관한 걸출한 이야기를 막 끝냈을 때였다. 문이 활짝 열리더니 드로셀마이어 대부가 이렇게 말하면서 들어왔다. "이제라도 내 눈으로 직접 봐야겠네. 마리가 다쳐서 아프다더니 상태가 어떤지 말이야." 노란 상의를 입은 드로셀마이어 대부를 보자 마리는 호두까기 인형이 생쥐들과의 전투에서 패하던 그날 밤의 장면이 눈앞에 보이듯 아주 생생하게 떠올랐다. 그래서 자기도 모르게 고등 법원 판사인 드로셀마이어 씨를 향해 큰 소리로 외쳤다. "아아, 드로셀마이어 대부님, 대부님은 정말 나쁜 분이에요. 저요, 대부님이 괘종시계 위에 앉아서 시계가 큰 소리로 울리지 않도록 날개처럼 옷을 늘어뜨려 시계를 덮고 있던 거, 다 봤어요. 시계 소리에 생쥐들이 달아날까 봐 말이에요. 대부님이 생쥐 대왕을 부르는 것도 들었다고요! 그런데 왜 호두까기 인형을 도와주러 오지 않으셨어요? 왜 저를 도와주러 오지 않으셨어요? 나쁜 대부님! 제가 상처를 입고 이렇게 침대에 앓아누운 것도 다 대부님 때문이지 않나요?" 마리의 어머니가 깜짝 놀라 이렇게 말했다. "마리야, 너 대체 왜 이러는 거니?" 그러나 드로셀마이어 대부는 아주 묘한 표정을 짓더니 읊조리는 듯 콧소리 섞인 목소리로 이렇게 말했다.

"추는
덜그덕 절겅 덜그덕 절겅 소리를 내야 해.
똑 딱 똑 딱
소리를 내려고 하면 안 돼.
시계, 시계, 시계추들은
덜그덕 절겅 덜그덕 절겅 소리를 내야 해,
소리 죽여 울려야 하지.
종은 뗑, 떼엥 큰 소리로
울려야 해.
엉엉, 잉잉, 엉엉, 잉잉
소녀 인형들아, 겁내지 마라!
종이 울리면,
생쥐 대왕을 쫓아내려 종이 울리면,
올빼미가 서둘러 날아올지니,
올빼미는 펄럭펄럭, 펄럭펄럭

좋은 뗑 떼엥
시계는
덜그덕 덜그덕
시계추는 덜그덕 절겅거려야 해.
똑딱이지 말고,
덜그덕 덜그덕
윙, 윙!"

마리는 눈이 쟁반만 해져서 드로셀마이어 대부를 뚫어져라 바라보았다. 대부의 얼굴이 딴 사람처럼 보였다. 평소보다 훨씬 더 못생겨 보이는 데다 오른쪽 팔을 이리저리 추처럼 움직이는데 꼭 줄에 끌려다니는 꼭두각시 인형 같았던 것이다. 마리는 정말로 대부를 두려워하게 되었을지도 모른다. 그 자리에 어머니가 함께 있지 않았더라면, 그리고 그사이 몰래 방에 들어와 있던 프리츠가 마침내 폭소를 터트리며 끼어들지 않았더라면 말이다. "어휴, 드로셀마이어 대부님," 프리츠가 소리쳤다. "대부님은 오늘도 영락없이 괴짜 같으세요. 그렇게 움직이시니 꼭 제가 오래전에 구석에 처박아 둔 꼭두각시 인형 같아요!" 하지만 어머니는 그 말에도 아주 진지한 표정으로 이렇게 말했다. "판사님, 농담이라기에는 정말로 기이하군요. 무슨 뜻으로 하신 말씀이지요?" "이런 세상에!" 드로셀마이어 대부가 웃으며 대답했다. "저의 멋진 시계 제조공의 노래를 모르는 척하시긴가요? 이 노래는 마리처럼 아픈 환자들에게 들르면 제가 꼭 불러 주는 노래인데요." 그렇게 말하면서 대부는 얼른 마리에게로 다가와 침대 곁에 바싹 붙어 앉아 이렇게 말했다. "내가 생쥐 대왕의 눈알 열네 개를 모두 한꺼번에 곧장 후벼 파내지 않았다고 해서 기분 나빠하지 마라. 그게 그럴 수가 없었단다. 대신에 널 아주 기쁘게 해 주고 싶구나." 그러면서 고등 법원 판사는 호주머니에 손을 집어넣었다. 그리고 드로셀마이어 대부가 가만가만 주머니에서 꺼낸 것은 바로…… 호두까기 인형이었다. 대부님이 떨어져 나갔던 호두까기 인형의 이빨들을 감쪽같이 박아 넣었고, 헐거워졌던 아래턱도 제자리에 맞추어 놓은 것이었다. 마리는 기뻐서 큰 소리로 환호성을 질렀다. 하지만 어머니는 미소를 지으며 이렇게 말했다. "드로셀마이어 대부님이 네 호두까기 인형을 얼마나 좋아하시는지 이제 너도 봤지?" "마리야, 그런데 너도 인정해야 할 것 같다." 고등 법원 판사가 의사 부인의 말을 가로막았다. "너도 인정해야 할 것 같아. 호두까기 인형이 절대로 몸집이 잘 자란 것도, 그렇다고 얼굴이 잘생긴 축에 속한 것도 아니라는 걸. 어쩌다 호두까기 인형의 가계에 그런 흉측한 몰골이 생겨나 유전되어 왔는지 들려주고 싶구나. 물론 네가 듣고 싶다면 말이다. 아니면 혹시 피를리파트 공주와 마녀 마우제링크스 그리고 솜씨 좋은 시계 제조공의 이야기는 알고 있냐?" "있잖아요," 이 대목에서 프리츠가 끼어들었다. "있잖아요, 대부님. 호두까기 인형의 이도 제자리에 잘 넣으셨고, 턱뼈도 이젠 그렇게 헐겁지 않아요. 그런데 칼은 왜 없어요? 왜 칼은 둘러 주지 않으신 거예요?" "아이고!" 고등 법원 판사는 아주 언짢아하며 이렇게 대꾸했다. "얘야! 너는 매사에 흠을 잡고 비난을 해야 속이 시원한 게로구나! 호두까기 인형의 칼이 나랑 무슨 상관이냐. 몸은 내가 낫게 해 주었으니 칼은 스스로 알아서 구하겠지." "그건 맞아요." 프리츠가 외쳤다. "야무진 녀석이라면 알아서 무기를 찾아내겠죠." "자 그럼, 마리야. 피를리파트 공주 이야기를 알고 있는지 말해 주겠니?" 고등 법원 판사는 아까 하던 말을 이어서 했다. "아니요." 마리가 대답했다. "친애하는 드로셀마이어 대부님, 얘기해 주세요. 어서 얘기해 주세요!" "판사님, 지금 들려주실 이야기는 아까처럼 그렇게 무서운 이야기가 아니길 바랍니다." 마리의 어머니가 말했다. "그럴 리가요. 존경하는 사모님. 이야기를 들려줄 영광을 주신다면야, 아까과는 분위기가 정반대인 데다 아주 재미있기까지 할 겁니다." 드로셀마이어 대부가 마리의 어머니에게 대답했다. "얘기해 주세요. 네? 어서요, 대부님." 아이들이 큰 소리로 졸랐다. 그러자 고등 법원 판사가 이야기를 시작했다.

단단한 호두에 관한 동화

"피를리파트의 어머니는 왕의 아내, 그러니까 왕비였고, 피를리파트 자신은 태어난 순간부터 곧바로 공주의 몸이 되었지. 왕은 요람에 누워 있는 예쁜 딸을 보고 기뻐서 어쩔 줄 몰랐단다. 큰 소리로 환성을 지르고 춤을 추는가 하면, 한 발로 서서 이리저리 몸을 흔들며 몇 번이나 외쳐 댔지. '이럴 수가! 우리 피를리파트보다 더 예쁜 아기를 본 적이 있는가?' 그러면 모든 각료와 장군, 위원장들 그리고 고위 장교들도 국부(國父)처럼 한 발로 서서 이리저리 껑충거리며 큰 소리로 외쳤단다. '아니옵니다. 전혀 없습니다!' 그런데 세상이 존재한 이래로 피를리파트 공주보다 더 예쁜 아기가 태어난 적이 없을 거라는 말은 사실, 전혀 거짓말이 아니었어. 공주의 얼굴은 백합처럼 흰 피부에 장미같이 붉은 입술을 지닌 데다, 살결은 비단결 같았고, 조그만 두 눈은 살아 움직이며 반짝이는 하늘색 유리알 같았지. 그리고 금실이 빛나며 물결치는 것 같은 곱슬곱슬한 고수머리도 앙증맞게 잘 어울렸고. 그뿐 아니라 이 작은 피를리파트 공주는 태어날 때부터 두 줄의 작은 진주를 박아 놓은 것처럼 가지런한 이가 나 있었단다. 그래서 태어난 지 두 시간 만에 공주의 용모를 좀 더 자세히 살펴보려던 왕국 재상의 손가락을 이 가지런한 두 줄의 이로 깨물어 버렸지 뭐냐. 재상은 '어이쿠!' 하고 큰 소리로 비명을 질렀지. 이를 두고 어떤 사람은 재상이 '아야!'라고 비명을 질렀다고 주장하기도 했지만, 오늘까지도 이 주장에 대해서는 의견이 분분하단다. 요컨대, 공주는 왕국 재상의 손가락을 정말로 깨물었고, 이에 매료된 온 나라가 이제 피를리파트 공주의 그 작고 천사같이 아름다운 몸 안에 정신력과 감성, 지력 또한 깃들어 있음을 알게 되었다는 것이지. 이미 말했듯 모든 것이 만족스러웠단다. 오직 왕비만이 두려움과 불안에 떨었지. 이유는 아무도 몰랐어. 특별하게 눈에 띈 것은 왕비가 몹시 주의를 기울여 피를리파트 공주의 요람을 감시하도록 했다는 거야. 친위병들이 문을 수비하도록 한 것 외에, 두 명의 지킴이 시녀가 늘 요람에 붙어 있어야 했고, 밤이면 여섯 명의 시녀가 요람이 있는 방에 빙 둘러 앉아 있어야만 했단다. 그러나 가장 바보 같아 보이고, 또 그 누구도 이해할 수 없었던 일은 바로 이 여섯 명의 시녀들이 모두 무릎 위에다 고양이를 한 마리씩 앉히고, 고양이가 쉬지 않고 그르렁거리도록 밤새 고양이를 쓰다듬어 주어야 했다는 것이었지. 사랑하는 프리츠와 마리야, 너희들은 피를리파트 공주의 어머니가 왜 그런 일을 했는지 도저히 알 수 없을 게다. 하지만 나는 알고 있지. 그래서 이제 그 이야기를 들려줄까 한다. 언젠가 훌륭한 왕들과 아주 상냥한 왕자들이 피를리파트 공주의 아버지가 사는 궁정에 대거 모인 적이 있었단다. 모임은 아주 성황리에 진행되었어. 많은 기사극과 희극 그리고 궁중 무도회가 펼쳐졌지. 왕은 자신이 금과 은을 부족함 없이 소유하고 있다는 걸 제대로 한번 보여 주고 싶었어. 그래서 이제 엄청난 왕실의 보화를 들어내 통 크게 한번 써 보리라 생각했지. 마침 궁정 천문학자가 도살 시간을 알려 왔다는 궁중 요리장의 말을 몰래 들은 터라 왕은 대규모의 소시지 파티를 준비하라는 명령을 내렸단다. 그러고는 마차에 올라타고 직접 왕과 왕자들을 초대하러 다녔어. 수프나 한 숟가락 뜨러 오시라고 말하면서 말이야. 말은 그렇게 했지만 실제로는 맛있는 음식을 준비하여 모두를 놀라게 하려는 것이었지. 왕은 이제 아주 다정한 말투로 왕비에게 말했어.

'사랑하는 여보, 당신은 내가 소시지를 얼마나 좋아하는지 익히 알고 있지요?' 왕비는 왕이 무슨 말을 하려고 이렇게 말하는지 이미 눈치챘지. 이 말인즉슨 평소 늘 그랬듯이 소시지를 만드는 중대한 일을 왕비가 몸소 맡아서 해 달라는 뜻이었지. 그 즉시 궁정 재무 담당관은 소시지를 끓일 커다란 황금 솥단지와 순은 찜 냄비를 부엌에 전달해야 했어. 자단목* 장작에 불이 지펴졌고 왕비는 다마스트산(産) 앞치마를 둘렀어. 얼마 안 있어 솥단지에서는 구수한 소시지 수프 냄새가 풍겨 나왔단다. 이 기분 좋은 냄새가 급기야 추밀원까지 밀어닥쳤지. 왕은 황홀감에 사로잡혀 도저히 참을 수가 없었어. '잠시 실례하겠노라!' 이렇게 소리친 다음, 서둘러 부엌으로 달려가서 왕비를 꼭 껴안아 주고는 황금 왕홀로 솥단지를 살짝 휘저었어. 그런 다음에야 진정된 마음으로 다시 추밀원으로 돌아올 수 있었단다. 막 비곗살을 네모나게 썰어 은제 철판에 볶아야 하는 중요한 시점에 다다랐어. 시녀들은 뒤로 물러났지. 왕비가 이 일은 왕인 남편에 대한 진심 어린 애정과 공경하는 마음에서 혼자 하길 원했기 때문이었어. 비계가 구워지기 무섭게 아주 가느다란 소리로 속삭이는 목소리가 들렸단다. '동생, 비계 구운 거 나도 좀 주시게! 나도 그 맛난 것 좀 먹어 보고 싶네. 나도 여왕인데. 비계 구운 거 나한테도 좀 주시구랴!' 왕비는 그 말을 한 사람이 마우제링크스 부인이라는 걸 잘 알고 있었지. 마우제링크스 부인은 벌써 여러 해 전부

---

* 인도 남부에서 스리랑카에 걸쳐 서식하는 콩과의 상록활엽교목. 10미터 이상 높이로 자라며 주로 건축이나 가구 제작 등에 쓰이는 고급 목재다.

터 왕의 궁전에 살고 있었는데, 늘 자기가 왕의 친척이고 자기도 마우졸리엔이라는 제국의 여왕이고, 그렇기 때문에 자기에게도 거대한 궁정과 신하들이 있다고 주장했어. 부뚜막 밑에 말이야. 왕비는 착하고 인심이 좋은 여인이었어. 그래서 평소에는 마우제링크스 부인을 굳이 여왕으로, 또 자신의 언니로 인정하려고 하지 않았지만, 그래도 잔치가 열리는 날이라 진심으로 부인에게 성찬을 베풀고 싶었어. 그래서 큰 소리로 말했지. '일단 나오세요, 마우제링크스 부인. 아무튼 제가 만든 비계 요리 맛은 보셔야지요.' 그러자 마우제링크스 부인은 기뻐서 어쩔 줄 몰라 하며 잽싸게 튀어나와 부뚜막 위로 올라왔지. 그러고는 작고 앙증맞은 앞발로 왕비가 내밀어 주는 조그만 비계 덩어리들을 한 개씩 한 개씩 움켜잡았어. 그런데 이제 마우제링크스 부인의 친척들까지 남자 여자 할 것 없이 모두 달려 나왔지 뭐냐. 게다가 정말 무례한 불량배들로 꼽히는 부인의 일곱 아들들까지 튀어나와 비계에 달려들었지. 왕비는 너무 놀라 미처 이들을 막지 못했고. 그때 다행히 궁정의 의전 담당관이 와서 이 뻔뻔스러운 손님들을 몰아냈단다. 그 덕분에 조금이나마 비계가 남을 수 있었지. 남은 비계는 궁정 수학자를 불러들여 수학자가 정해 준 분량대로 모든 소시지에 고루 나눠 담았단다. 북과 트럼펫 소리가 울려 퍼지자 왕국에 와 있던 권력자들과 왕자들이 모두 멋진 예복을 갖춰 입고 몰려들었는데, 일부는 백마를, 또 일부는 수정으로 만든 마차를 타고 소시지 파티에 참여하려고 왔지. 왕은 진심 어린 친절과 호의로 손님들을 맞이한 다음, 왕으로서 왕관과 왕홀로 의관을 정제하고 식탁의 가장 상석에 자리를 잡았단다. 사람들은 간을 넣은 소시지 칸에서부터 왕의 안색이 점점 창백해지고 두 눈을 치켜뜨며 하늘을 바라보는 걸 보았지. 왕의 가슴에서는 나직한 한숨이 새어 나왔고, 어마어마한 고통이 왕의 마음 속 깊은 곳을 후벼 파는 것 같았단다! 하지만 선지 소시지 칸에 이르자 왕은 급기야 큰 소리로 훌쩍이고 탄식하면서 긴 등받이가 달린 왕의 의자에 주저앉고 말았단다. 그러고는 두 손으로 얼굴을 감싼 채 서럽게 흐느껴 울며 신음 소리를 냈지. 식탁에 앉았던 모든 사람들이 용수철처럼 벌떡 일어났고, 주치의는 슬픔에 빠진 왕의 맥을 짚어 보려고 애썼지만 소용이 없었어. 이루 말할 수 없는 깊은 고통이 왕의 마음을 갈기갈기 찢어 놓은 듯 보였지. 여러 차례 설득을 하고, 깃털 펜대 태운 것을 비롯하여 그와 비슷한 강력한 수단을 쓰고 나자 마침내 왕은 정신을 좀 차린 것 같았단다. 왕이 들릴락말락 중얼거렸지. '비계가 너무 적어.' 그러자 왕비가 암담한 표정으로 왕의 발치에 쓰러져 흐느껴 말했지. '오, 나의 남편, 불쌍하고 불행한 왕이시여! 아, 이런 고통을 참아 내셔야 하다니! 당신 발치에 엎드려 여기 이 죄인이 용서를 비니 벌하여 주세요. 왕이시여, 벌하여 주시옵소서! 아아, 마우제링크스 부인과 부인의 일곱 아들들 그리고 친척들이 함께 비계를 먹어 버렸답니다. 그래서……' 이 말을 하면서 왕비는 기절하여 뒤로 벌러덩 넘어졌단다. 반대로 왕은 노기등등하여 벌떡 일어나 큰소리로 고함을 쳤지. '의전 담당관, 이것이 어찌된 일인고?' 의전 담당관이 그가 알고 있는 걸 전부 고하자, 왕은 소시지에 넣을 비계를 바닥낸 마우제링크스 부인과 그 일족에게 복수를 하리라 결심했어. 비밀 의회가 소집되어, 마우제링크스 부인에게 소송을 걸어 부인의 전 재산을 압수하기로 결론이 났지. 그러나 왕은 소송이 진행되는 동안에도 마우제링크스 부인이 여전히 비계를 먹어 치울 수 있다고 생각했고, 그리하여 이 모든 것을 궁정 시계 제작자이자 비법 전수자*에게 맡겼단다. 이 사람은 나와 같은 이름, 다시 말해 크리스티안 엘리아스 드로셀마이어라는 이름을 가진 사람이었는데, 무엇보다 아주 정략적인 전술을 써서 영원히 마우제링크스 부인과 그 일족을 궁전에서 몰아내겠다고 약조했지. 그리고 또 실제로 작지만 아주 정교한 기계를 고안해 냈단다. 드로셀마이어는 이 기계 안에 볶은 비계를 끈으로 묶어 매단 다음, 비계 먹보 부인의 집 주변에 기계를 세워 두었어. 하지만 드로셀마이어의 계략에 넘어갈 마우제링크스 부인이 아니었지. 마우제링크스 부인은 아주 똑똑

* 아르카니스트. 아르카니스트는 아르쿰이라는 말에서 파생되었는데, 아르쿰은 라틴어로 '비밀'이라는 의미가 있다. 18~19세기에는 도자기 생산을 국가의 비밀 사업으로 간주하였다. 그래서 섬세한 도자기 기술을 전수한 도자기공들을 '비법' 전수자라고 일컬었다.

해서 드로셀마이어의 계략을 훤히 꿰뚫어 보았어. 그러나 부인이 아무리 경고하고 설명해도 아무런 소용이 없었지. 부인의 일곱 아들을 비롯해 수많은 남녀 친척들이 볶은 비계의 고소한 냄새에 홀려 드로셀마이어의 기계 장치 안으로 들어갔으니까. 그리고 줄에 매달린 비계를 먹어 치우려는 순간, 눈앞에서 떨어진 격자 창살에 갇혀 결국 부엌에서 치욕적인 처형을 당하고 말았단다. 마우제링크스 부인은 얼마 남지 않은 무리를 데리고 그 공포의 현장을 떠났지. 가슴 가득 비통함과 절망감, 복수심을 안고. 온 궁정이 크게 환호했지만 왕비는 걱정이 되었어. 마우제링크스 부인의 성정(性情)을 익히 알던 터라, 부인이 아들들과 친척의 죽음에 대해 보복하지 않고 그냥 넘어갈 턱이 없다는 걸 잘 알고 있었거든. 아니나 다를까, 마우제링크스 부인이 진짜로 다시 나타났지. 마침 왕비가 남편을 위하여 평소 왕이 즐겨 먹는 으깬 허파 요리를 하고 있을 때였어. 부인이 말했지. '내 아들들, 내 친척들, 모두들 맞아 죽고 말았어. 왕비, 조심하시오. 생쥐 여왕이 왕비의 어린 공주를 물어 두 동강 내지 않도록 말이오!' 곧이어 부인은 사라졌고, 그 후로 다시는 모습을 드러내지 않았단다. 그러나 왕비는 너무 놀란 나머지 허파 요리를 불 속에 떨어뜨리고 말았지. 마우제링크스 부인 때문에 자신이 좋아하는 요리를 두 번이나 망치자 왕은 화가 단단히 났단다. 자, 오늘 저녁은 이 정도면 충분히 얘기한 것 같구나. 나머지는 나중에 들려주마."

마리는 이야기에 완전히 마음을 빼앗겼다. 그러나 드로셀마이어 대부는 좀 더 얘기해 달라고 아무리 부탁해도 들어주지 않고, 오히려 자리를 박차고 일어나며 이렇게 말했다. "한꺼번에 너무 많은 걸 취하면 건강에 해롭단다. 나머지는 내일로." 고등 법원 판사가 막 문을 나서려 할 때였다. 프리츠가 물었다. "그런데 드로셀마이어 대부님, 있잖아요, 정말로 대부님이 쥐덫을 발명하신 거예요?" "프리츠, 어떻게 그렇게 어리석은 질문을 할 수 있니?" 어머니가 소리쳤다. 하지만 고등 법원 판사는 아주 묘한 웃음기를 머금고는 나직이 말했다. "내가 솜씨 좋은 시계 제작자 아니더냐. 그런데 쥐덫이라고 생각해 내지 못할까 보냐?"

단단한 호두에 관한 동화 : 속편

"얘들아, 이제 너희들도 잘 알 거다." 다음 날 저녁, 고등 법원 판사 드로셀마이어는 전날 하던 이야기를 이어 갔다. "이제 너희들도 잘 알 거다. 왕비가 그 예쁘디예쁜 피를리파트 공주를 왜 그렇게 주의를 기울여 감시하도록 했는지. 왕비는 틀림없이 마우제링크스 부인이 협박했던 대로 움직일까 봐, 그러니까 다시 와서 꼬마 공주를 물어 죽일까 봐 두려웠겠지? 드로셀마이어의 기계는 영리하고 약을 대로 약은 마우제링크스 부인을 대적하기에는 아무 짝에도 쓸모없는 무용지물이었지. 하지만 별자리를 보고 국운을 점치는 비밀 점성술사이자 동시에 궁정 소속 천문학자만은 수고양이 가문인 그르렁 가문으로 마우제링크스 부인이 요람 가까이 오는 걸 막을 수 있지 않을까, 알아보고 싶었어. 그리하여 지킴이 시녀들이 평소 외교 기관의 공사관 직책을 담당하던 저 그르렁 가문의 아들들을 각자 무릎에 앉히고 깍듯이 쓰다듬어 줌으로써 이들에게 주어진 중차대한 나랏일을 덜어 줘야 했던 거란다. 어느 날, 요람에 붙어 앉아 있던 지킴이 시녀 두 명 가운데 한 명이 화들짝 놀라 깊은 잠에서 깨어났는데, 때는 벌써 자정이 다 되어 갈 무렵이었지. 주위에 있는 사람은 모두 잠에 빠져 있었고, 그르렁거리는 소리도 없었어. 갉죽갉죽, 나무 벌레의 나무 갉는 소리가 들릴 정도로 쥐 죽은 듯한 고요만이 있을 뿐! 그 고요 가운데 바로 코앞에서 아주 못생기고 커다란 쥐가 뒷발로 곧추선 채, 불쾌한 머리통을 공주의 얼굴로 가져가는 걸 보았으니 어땠을까? 시녀는 놀라서 비명을 지르며 벌떡 일어났어. 모두들 잠에서 깨어났지. 하지만 바로 그 순간, 마우제링크스 부인은(피를리파트의 요람에 있던 큰 쥐는 다름 아닌 바로 마우제링크스 부인이었지!) 잽싸게 방의 구석진 곳을 향해 달아났단다. 그르렁 공사관들이 부인의 뒤를 바짝 쫓아갔지만 한발 늦고 말았지. 바닥에 난 틈새로 부인이 사라져 버렸거든. 이 소동으로 어린 공주는 잠에서 깨어 안쓰럽게 울어 댔단다. 아기를 지키던 시녀들은 "하느님, 감사합니다. 공주님께서는 무사하세요!"라며 외쳐 댔어. 그러나 눈길을 돌려 피를리파트 공주를 본 순간, 그 예쁘고 연약한 아기가 어떻게 되었는지를 알아차린 순간 시녀들의 충격은 실로 엄청났단다. 하얀 피부,

빨간 입술, 금빛 고수머리의 천사 같은 공주의 얼굴 대신 기형적으로 커다란 머리가 조그맣게 쪼그라든 몸통 위에 붙어 있었고, 파란 하늘빛 두 눈동자는 툭 튀어나온 데다 굳은 시선의 초록색 눈으로 변해 있었어. 입은 한쪽 귀에서 다른 쪽 귀까지 쭉 찢어져 있었고. 왕비는 비탄과 낙담에 빠져 죽으려고 했고, 왕의 서재에는 솜을 댄 벽지로 도배를 해야 했단다. 왕이 연거푸 머리를 벽에 찧으며 비통한 목소리로 이렇게 외쳤거든. '오, 짐은 불운한 군주로고!' 이쯤 되면 비계 없이 소시지를 먹고, 마우제링크스 부인을 부인의 일족들과 함께 부뚜막 아래 살도록 하는 편이 더 나았으리라는 걸 깨달을 법도 했지. 하지만 피를리파트 공주의 아버지인 왕은 그렇게 생각하지 않았어. 오히려 모든 것을 뉘른베르크 출신의 궁정 시계 제작자이자 비법 전수자인 크리스티안 엘리아스 드로셀마이어의 탓으로 돌렸지. 그랬기 때문에 왕은 이런 영리한 명령을 내렸지. 드로셀마이어에게 4주 이내에 피를리파트 공주를 예전의 상태로 돌려놓거나, 아니면 적어도 공주를 돌려놓을 수 있는 확실한 방법만이라도 보여 주라고 말이야. 그렇게 하지 못하면 사형 집행관의 도끼 아래에서 치욕스러운 죽음을 맞을 수밖에 없을 거라고도 했지. 드로셀마이어는 적잖이 놀랐단다. 그래도 곧 자신의 솜씨와 운을 믿고, 즉각적으로 효과를 볼 수 있으리라 생각한 첫 번째 수술에 착수했지. 그는 아주 능숙하게 피를리파트 공주를 분해했어. 공주의 작은 손과 발을 떼어 내고 곧바로 내부 구조를 살펴보았지만, 그가 알아낸 것은 유감스럽게도 자라면 자랄수록 공주가 점점 더 심한 기형이 되리라는 것이었어. 드로셀마이어는 무슨 말을 해야 하고, 무슨 수를 써야 할지 도무지 알 수가 없었어. 그는 조심스럽게 공주를 다시 조립했고, 공주의 요람을 떠나지 못한 채 우울감에 사로잡혀 지냈단다. 그사이 벌써 네 번째 주가 시작되었지. 수요일부터 왕은 화가 나서 불꽃이 뚝뚝 떨어지는 눈으로 드로셀마이어를 바라보았지. 그리고 왕홀을 들고 협박하며 이렇게 소리쳤단다. '크리스티안 엘리아스 드로셀마이어! 공주를 고쳐 놓아라. 그렇지 않으면 너는 죽음을 면치 못할 것이다!' 드로셀마이어는 꺼이꺼이 목 놓아 울기 시작했는데, 피를리파트 공주는 만족스러운 얼굴로 호두를 깨물고 있었어. 드로셀마이어는 그때 처음으로 피를리파트 공주가 호두에 대해 남다른 식욕을 보이고, 또 태어날 때부터 이가 모두 나 있었다는 사실에 주목하게 되었단다. 공주는 모습이 변한 이후 곧바로 날카롭게 울부짖기 시작했었어. 그런데 우연히 호두 알 한 개를 얻고는 이로 호두를 깨트린 다음, 그 호두 속을 먹고 거짓말처럼 다시 잠잠해졌단다. 그때부터 공주의 방을 지키던 시녀들은 누구나 공주에게 호두를 가져다주는 것이 최선책이라는 걸 알게 되었지. '오, 자연에 깃든 성스러운 본능이여. 모든 존재가 나누는 영원히 알 수 없는 공감이여' 크리스티안 엘리아스 드로셀마이어는 소리쳐 말했어. '네가 나에게 비밀의 문을 보여 주리니, 나는 두드릴 것이요, 문은 열릴 것이라.' 그 즉시 드로셀마이어는 궁정 천문학자와 애기할 수 있도록 허락을 구해 엄격한 감시를 받으며 궁정 천문학자에게 인도되었어. 정겨운 친구 사이인 두 신사는 서로 얼싸안고 많은 눈물을 흘렸지. 그런 다음 밀실로 물러나 여러 권의 책들을 비교하고 대조해 보았어. 주로 교감과 반감 같은 본능, 그 외에 비밀로 가득 찬 것들을 다룬 책들이었지. 밤이 되었어. 궁정 천문학자는 별을 살펴본 다음, 점성술에도 통달한 드로셀마이어의 도움을 받아 피를리파트 공주의 운명을 점쳤단다. 이 일은 굉장히 힘든 일이었지. 별들이 그리는 선이 점점 더 복잡해졌거든. 그러나 드디어, 얼마나 기뻤을꼬! 두 사람은 해결점에 다다랐단다. 피를리파트 공주를 추하게 만든 마법을 풀고, 그리하여 공주를 예전처럼 아름답게 되돌리기 위해 공주가 할 일은 다름 아닌 크라카툭 호두의 고소한 속살을 먹기만 하면 되는 것이었어.

크라카툭 호두는 48파운드짜리 대포가 호두를 깔고 지나가도 깨지지 않을 정도로 엄청나게 껍질이 단단한 호두란다. 그런데 이 단단한 호두를 아직 한 번도 수염을 깎은 적이 없고, 한 번도 장화를 신은 적이 없는 남자가 공주가 보는 앞에서 깨물어야 했어. 그런 다음 이 남자는 눈을 가리고 공주에게 이 호두의 속살을 바치고, 계속 눈을 가린 채 어디에도 걸려 넘어지지 않고 뒷걸음질로 일곱 걸음을 간 후 눈을 떠야 했단다. 사흘 밤낮을 드로셀마이어는 궁정 천문학자와 함께 쉬지 않고 일을 했지. 토요일, 왕이 점심 식사를 하고 있을 때였어. 일요일 이른 새벽에 참수형에 처해질 처지인 드로셀마이어가 기쁨에 가득 차 왕이 식사하는 곳으로 들어와서, 피를리파트 공주님께서 잃어버린 아름다운 옛 모습을 되돌릴 방법을 찾았습니다, 하고 보고했지. 왕은 격한 호의를 표하며 드로셀마이어를 얼싸안았어. 그러고는 드로셀마이어에게 다이아몬드 검 한 자루, 훈장 네 개 그리고 새 외출복 상의 두 벌을 약속했단다. 또 친절한 말투로 이렇게 덧붙여 말했지. '식사 후 곧바로 일에 착수하도록! 친애하는 비법 전수자여. 수염을 깎아 본 적이 없고 단화를 신은 젊은이와 크라카툭 호두를 함께 손에 넣어 오도록 온 힘을 다하게. 그리고 젊은이를 데려오기 전에 젊은이가 포도주를 마시지 못하게 해야 하네. 게처럼 일곱 걸음을 뒷걸음질 칠 때 걸려 넘어지지 않도록 말이네. 그다음에는 말술을 마신다 해도 상관 않겠네!' 왕의 말을 들은 드로셀마이어는 무척이나 당혹스러웠지. 그래서 겁에 질려 벌벌 떨며, 자신이 방법을 발견하기는 했지만 크라카툭 호두와 호두를 깨뜨릴 청년, 이 둘 다 이제부터 찾아야 하는 상황이고, 뿐만 아니라 호두와 호두까기를 찾을 수 있을지도 회의적이라고 더듬거리며 말했지. 이 말에 왕은 노기등등하여 자리에서 벌떡 일어나, 왕홀을 왕관 위까지 휘두르며 사자처럼 고함을

쳤단다. '그렇다면 참수형 취소는 없던 일로 할 수밖에!' 곤경에 처해 있던 드로셀마이어에게 한 가지 다행이었던 것은 바로 그 날의 식사가 아주 맛있었고, 덕분에 왕의 기분이 좋아졌다는 것이었어. 그래서 너그러운 성품을 지닌 왕비가, 드로셀마이어가 처한 운명에 마음이 움직여, 아낌없이 내놓은 합리적인 생각들에 왕이 귀를 기울일 수 있었다는 거야. 드로셀마이어도 용기를 내어 끝으로, 그래도 공주를 낫게 할 방법을 알아 오라는 원래의 과제는 풀었으니 살려 주셔야 마땅하다고 힘주어 말했지. 왕은 어리석은 핑계에 생각 없는 허튼소리라고 말했지만 소화에 좋은 술을 한 잔 마시고 난 뒤, 드디어 이렇게 말했지. 시계 제작자와 궁정 천문학자 두 사람은 당장 길을 떠나, 크라카툭 호두를 주머니에 넣어 오지 못하면 돌아올 생각일랑 하지도 말라고. 호두를 깨물어 깨트릴 청년은 왕비가 내놓은 중재 안대로, 국내외 신문들과 지식인 신문에 수차례 공고를 내어 해결하면 된다고." 고등 법원 판사는 이 대목에서 다시 이야기를 중단했고, 다음 날 저녁에 나머지 이야기를 해 주겠다고 약속했다.

단단한 호두에 관한 동화 : 결말

다음 날 저녁, 드로셀마이어 대부는 램프에 불을 채 붙이기도 전에 다시 찾아왔다. 그러고는 계속해서 이야기를 들려주었다.

"크라카툭 호두는 흔적도 찾지 못한 채 드로셀마이어와 궁정 천문학자는 벌써 15년째 여행 중이었단다. 두 사람이 어디를 다녔는지, 얼마나 희귀하고 별난 일들을 겪었는지 전부 다 들려주려면 족히 한 달은 걸릴 것 같다. 하지만 얘들아, 지금 내가 들려주고 싶은 이야기는 그 이야기가 아니라, 이 이야기란다. 그러니까 드로셀마이어가 깊이 낙담한 가운데 막바지에 이르러서는 자신이 사랑하는 고향 뉘른베르크를 끔찍이도 그리워하게 되었다는 거지. 드로셀마이어가 친구와 함께 드넓은 아시아의 어느 숲 속에서 고급 파이프 담배를 한 대 피우고 있을 때였어. 그날 따라 고향에 대한 향수가 유독 심하게 밀려왔어.

'오, 아름다워라.

아름다워라 나의 고향 뉘른베르크!

너를 다시 보지 못한 몸, 런던으로, 파리로, 페터바르다인으로

제아무리 여러 곳을 여행하여도,

그 마음의 응어리 풀리지 않네.

늘 너를 그리워할 수밖에 없으니

오, 뉘른베르크여

창문을 낸 아름다운 집들이 있는 아름다운 도시여!'

드로셀마이어가 이렇게 향수에 젖어 한탄하자 궁정 천문학자가 친구인 드로셀마이어를 동정하며 울기 시작했는데, 어찌나 원통해하며 울었는지 온 아시아가 다 들을 수 있을 정도였단다. 그러다가 궁정 천문학자는 다시 정신을 가다듬고 눈물을 훔치며 이렇게 물었지. '그런데 존경하는 동료여, 우리가 왜 여기서 이러고 앉아 울고 있는 건가? 그 운명적인 크라카툭 호두를 우리가 어디에서 어떻게 찾던 상관없는 일 아닌가?' '듣고 보니 그렇군.' 드로셀마이어는 마음에 위안을 얻고 이렇게 대꾸했단다. 그 즉시 두 사람은 자리에서 일어나 파이프 담배를 털어 낸 다음 아시아 대륙 한가운데에 있는 숲에서 단숨에 뉘른베르크로 직행했지. 두 사람이 뉘른베르크에 도착하기 무섭게 드로셀마이어는 여러 해 동안 보지 못했던 사촌에게로 서둘러 달려갔단다. 사

촌은 인형 제작자이자 칠장이에 도금장이이고 크리스토프 자카리아스 드로셀마이어라고 했지. 이제 시계 제작자인 드로셀마이어는 **이 사람**에게 피를리파트 공주와 마우제링크스 부인 그리고 크라카툭 호두에 얽힌 모든 이야기를 들려주었어. 그러자 사촌은 연신 두 손을 마주치며 놀라움을 금치 못하고 이렇게 외쳤단다. '이런, 이런, 여보게 사촌. 그런 신기한 일이 다 있단 말인가!' 드로셀마이어는 계속해서 긴 여정에서 겪은 모험담을 들려주었어. 두 해 동안 대추 대왕에게 붙어 지낸 이야기며, 아몬드 제후에게 모욕만 당하고 퇴짜를 맞은 이야기, 아이히호른하우젠* 의 자연 연구 단체에 문의해 보기도 했으나 허사였다는 이야기 등을 들려주었지. 한마디로, 세상 방방곡곡에서 크라카툭 호두의 흔적이라도 찾으려고 노력했으나 실패했다는 이야기였어. 이 이야기를 듣는 동안 크리스토프 자카리아스는 몇 번이나 손가락을 튕겨 딱딱 소리를 내는가 하면, 한 발을 지탱하여 빙글 돌기도 하고, 끌끌 혀 차는 소리를 내기도 했단다. 그런 다음에는 '으흠, 흠, 이크! 저런, 저런! 오! 세상에 어찌 그런 일이!'라고 외치곤 했고. 마침내 크리스토프 자카리아스는 모자와 가발을 벗어 던지고 사촌의 목을 격하게 끌어안고 소리쳤지. '사촌! 사촌! 자네, 이제 살았네. 살았어! 내가 잘못 안 게 아니라면 그 크라카

---

* 다람쥐들의 서식지라는 의미로 작가가 만든 가상의 지명.

툭 호두는 내가 가지고 있는 것 같네.' 사촌은 곧바로 상자 한 개를 꺼내어 왔어. 그러고는 그 안에서 금박을 입힌 중간 정도 크기의 호두 한 개를 꺼내어 보여 주었단다. '자,' 크리스토프 자카리아스가 사촌에게 호두를 보여 주며 말했지. '보게나. 이 호두에는 이런 사연이 얽혀 있다네. 여러 해 전 크리스마스 무렵에 낯선 남자가 호두가 가득 든 자루를 하나 들고 이곳으로 온 적이 있었다네. 호두를 팔려고 말일세. 그러다 바로 우리 인형 가게 앞에서 실랑이를 벌이게 되었다네. 이 지역의 호두 장수가 이방 사람이 와서 호두를 파는 걸 참지 못했고, 그래서 싸움을 건 것이었네. 낯선 남자가 우리 지방의 호두 장수를 더 잘 막아 보겠다고 호두 자루를 내려놓았지. 그 순간 무겁게 짐을 실은 수레가 그 자루 위를 지나갔고, 단 한 개의 호두만 빼고 호두란 호두는 죄다 깨지고 말았다네. 낯선 남자가 묘한 미소를 지으며 남은 호두 한 알을 1720년산 20냥짜리 새 은화를 내고 사라며 나한테 내놓지 뭔가. 나는 이 상황이 기이하게 느껴졌다네. 호주머니를 뒤진 나는 곧바로 그 남자가 원하는 20냥짜리 은화를 발견해 그 호두를 샀고, 호두에 금도금을 했다네. 그땐 나도 잘 몰랐다네. 내가 왜 그렇게 비싼 값을 치르고 그 호두를 사들였는지. 그리고 왜 그렇게 소중하게 간직해 왔는지.' 드로셀마이어가 궁정 천문학자를 불러와 금도금을 깨끗이 벗겨 내고 나자, 호두 껍데기에 한자로 새겨진 크라카툭이라는 글자가 드러났고, 이제 사촌이 가지고 있는 호두가 지금까지 찾던 바로 그 크라카툭 호두일까라는 의심은 씻은 듯이 사라졌어. 두 여행자는 크게 기뻐했지. 드로셀마이어가 사촌에게 운수 대통했다며 이제 상당한 연금 외에 금도금에 필요한 금을 모두 공짜로 받게 될 것이라고 단언하자, 사촌은 세상에서 둘째가라면 서러워할 가장 행복한 사람이 되었지. 비법 전수자와 궁정 천문학자 두 사람이 수면 모자를 쓰고 잠자리에 들려고 할 때였어. 궁정 천문학자가 이렇게 말문을 열었지. '훌륭한 동료여, 행복은 결코 혼자 찾아오지 않는 법이라네. 그거 아시는가? 크라카툭 호두뿐만 아니라 호두를 깨물어서 공주에게 아름다움을 되돌려 줄, 호두 속을 바칠 젊은이도 우리가 찾아냈다는 것을! 다름 아니라 자네 사촌의 아들 이야기일세! 그렇다네, 그러니 내가 잠이 올 리가 있겠는가.' 궁정 천문학자는 열광하며 계속 이야기했단다. '오늘밤 당장 소년의 별점을 치겠네.' 이렇게 말하며 그는 두건을 벗고 곧바로 별을 관찰하기 시작했어. 사촌의 아들은 참으로 상냥하고 건장하게 잘 자란 젊은이였단다. 아직 한 번도 수염을 깎은 적이 없고 장화를 신은 적도 없었지. 소년 시절에는 크리스마스가 몇 차례나 지나도록 꼭두각시 같아 보이기만 했단다. 하지만 그런 모습일랑 지금은 전혀 찾아볼 수가 없었지. 아버지가 공들여 교육을 시킨 덕분이었어. 크리스마스에는 금장식을 한 멋진 빨간색 상의에 칼을 차고 또 겨드랑이에는 모자를 낀 데다, 뒷머리를 댕기로 감싼 멋진 가발을 썼단다. 이렇게 눈부신 모습으로 청년은 아버지의 가게에 서서, 타고난 정중한 태도로 소녀들에게 호두를 까 주었어. 그래서 소녀들은 이 청년을 즐겨 귀여운 호두까기라고 불렀단다. 다음 날 아침, 궁정 천문학자가 비법 전수자의 목을 끌어안고 홀린 사람처럼 소리쳤단다. '그 청년이 그 사람일세! 그 사람을 찾았단 말이네. 그런데 친애하는 동지여, 단 두 가지만은 꼭 명심해야 한다네. 첫째, 자네의 그 출중한 조카에게 자네가 나무로 된 튼튼한 쪽머리를 엮어 줘야 한다는 것이네. 나무 가체는 반드시 아래턱과 연결시켜, 가체를 잡아당길 때 아래턱 역시 아주 강하게 당겨지도록 해야 한다네. 둘째, 궁정에 가면 우리가 크라카툭과 동시에 그걸 깨트릴 청년도 함께 데리고 왔다는 사실을 함구하도록 주의를 기울여야 한다는 것이네. 내가 별점에서 읽은 대로라면 몇 사람이 호두를 깨물려다 실패하고 나면, 왕이 호두를 깨트려 공주의 잃어버린 아름다움을 되돌려 주는 사람에게 공주와 더불어 왕국의 후계자 자리까지 상으로 약속하게 될 것이기 때문일세.' 인형 제작자인 사촌은 아직 어린 자신의 아들이 피를리파트 공주와 결혼하여 왕이 될 것이라는 말에 크게 만족하여 이 두 사절에게 전적으로 아들을 맡겼지. 드로셀마이어가 희망에 찬 젊은 조카에게 달아 준 가체는 기대 이상으로 잘 맞았고, 그리하여 조카는 딱딱하기 이를 데 없는 복숭아씨를 깨물어 여는 대단한 실험을 또한 기대 이상으로 잘 해낼 수 있었단다.

드로셀마이어와 궁정 천문학자는 즉각 궁정에 크라카툭 호두를 발견했다고 보고했어. 그러자 그곳에서는 즉시 그에 필요한 요구 사항들을 준비하라는 법령이 선포되었지. 이 두 여행자가 공주의 마법을 풀어 줄 비책을 가지고 와 보니, 벌써 많은 사람들이 자신의 건강한 치아를 믿고 공주의 마법을 풀겠다며 모여 있었는데, 개중에는 왕자들도 있었어. 다시 공주를 보게 된 두 여행자는 적잖이 놀랐단다. 아주아주 쪼그만 손과 발이 달린 작은 몸은 기형적인 머리를 거의 지탱할 수 없는 상태였고, 못생긴 얼굴은 입과 턱 주변에 붙어 있는 하얀 목화솜 수염 때문에 더더욱 못생겨 보였거든. 모든 일이 궁정 천문학자가 별자리에서 읽은 대로 되어 갔어. 단화를 신고 갓 수염이 난 풋내기 청년들이 순서대로 나와서 이와 턱뼈가 으스러져라 크라카툭 호두를 깨물었지만 공주에게 아무런 도움도 주지 못했단다. 그러고 나면 청년들은 반쯤 기절한 채, 이 청년들을 위해 소환되어 온 의사에게 실려 가면서 이렇게 한탄했단다. '정말 단단한 호두였어!' 이제 더럭 겁이 난 왕은 공주의 마법을 푸는 사람에게 딸과 왕국을 주겠노라 약조했지. 그러자 점잖고 온순한 청년 드로셀마이어가 손을 들고는 자신이 한번 해 봐도 되겠냐고 요청했단다. 공주는 다름 아닌 바로 이 드로셀마이어에게 크게 마음을 빼앗기고 말았어. 그래서 공주는 그 조그마한 손을 가슴에 얹고 있는 대로 한숨을 쉬며 마음속으로 생각했지. '아아, **저이**가 정말로 크라카툭 호두를 깨트리면 좋을 텐데. 그래서 내 남편이 된다면…….' 젊은 드로셀마이어는 왕과 왕비 그리고 피를리파트 공주에게 공손하게 절을 올린 다음, 수석 의전관이 양손을 모아 받들고 있던 크라카툭 호두를 집어 들고는, 꺼리는 기색 하나 없이 호두를 양쪽 이 사이에 넣고 세차게 머리채를 잡아당겼지. 그러자 따깍 딱, 하며 호두 껍데기가 산산조각 났어. 이제 드로셀마이어 청년은 호두 속살에 붙어 있던 섬유질의 껍질을 능숙하게 털어 낸 다음, 오른 발을 뒤로 빼어 정중히 절하며 공주에게 호두 속살을 헌정했어. 그리고 곧이어 두 눈을 감고 뒷걸음질 치기 시작했어. 공주는 즉시 호두 속을 삼켰어. 그러자 아, 기적이 일어났단다! 못생긴 공주의 모습은 온데간데없이 사라지고, 그 대신 천사 같이 아름다운 여인이 그 자리에 서 있는 것이었어. 백합처럼 흰 피부에 장미처럼 붉은 입술을 지닌 비단결 같은 얼굴, 반짝이는 하늘색 구슬 같은 두 눈동자, 금실이 일렁이는 것처럼 구불거리는 풍성한 고수머리……. 나팔 소리와 북소리가 백성들의 커다란 환호성과 한데 뒤섞였고, 공주가 태어났을 때처럼 왕과 모든 궁정 사람들이 한쪽 발로 서서 춤을 추었단다. 하지만 왕비에게는 오드콜로뉴*를 뿌려 주어야 했어. 너무나 기뻐서 넋이 나갈

* 쾰르너바서라는 독일 쾰른에서 생산하는 향수이나 여기서는 왕비의 정신을 차리게 할 목적으로 뿌린 일반적인 향수를 의미한다.

만큼 좋아하던 왕비가 그만 기절하고 말았거든. 일곱 걸음을 다 걸어 내야 했던 청년 드로셀마이어는 이 소동으로 자제력에 적잖은 타격을 입었어. 그러나 애써 감정을 억제하여 드디어 마지막 일곱 번째 걸음을 내딛기 위해 다리를 뻗었지. 그때였어. 마우제링크스 부인이 찌익찌익 끔찍한 소리를 내며 바닥에서 벌떡 일어섰단다. 그 바람에 뻗었던 발을 막 바닥에 디디려던 드로셀마이어는 이 생쥐 부인을 밟고 뒤뚱거리다 거의 넘어질 뻔하고 말았지. 아, 이런 불행한 일이! 난데없이 청년 드로셀마이어가 이전의 피를리파트 공주처럼 기형으로 변한 것이었어. 몸은 쪼그라들 대로 쪼그라들어서, 그 몸으로는 돌출된 두 눈과 하품하듯 끔찍하게 벌어진 큰 입이 자리한 기형적이고 커다란 머리를 감당할 수 없을 것 같았어. 등 뒤에는 가체 대신 폭이 좁은 나무 재질의 외투가 걸쳐져 있어 나무 외투로 아래턱을 조절해야 했단다. 시계 제작자와 천문학자는 어찌나 놀라고 경악스러웠는지 정신을 차릴 수 없을 정도였어. 그런데 두 사람의 눈에 마우제링크스 부인이 피를 흘리며 바닥에서 뒹굴고 있는 모습이 들어왔어. 결국 부인은 자신의 악랄함에 자신이 당한 꼴이 되고 만 거지. 드로셀마이어 청년이 뾰족한 단화 굽으로 부인의 목을 얼마나 힘껏 밟았는지, 마우제링크스 부인은 죽음을 면할 수 없게 되었어. 그러나 마우제링크스 부인은 죽음의 고통으로 단말마의 비명이 새어 나오는 순간에도 찍찍거리며 아주 구차하게 굴었단다.

'오! 크라카툭, 단단한 호두. 이 호두 때문에 이제 내가 죽게 생겼구나!

히, 히, 푸, 푸

이 호두까기 녀석

너도 곧 죽게 될 것이다!

일곱 개의 왕관을 쓴 나의 아들들이

네 녀석에게 되갚아 주리니

이 어미를 대신하여 복수하리라. 이 조그만 호두까기 녀석아!

오, 인생이여. 이토록 생생하고 이토록 열렬한데

이제 너와도 작별이로구나.

아, 죽음이 임박했도다.

찍!'

이 외마디 비명 소리를 남기고 마우제링크스 부인은 죽었고, 궁정의 화덕에 불을 붙이는 화부가 부인을 옮겼단다. 아무도 젊은 드로셀마이어에게 관심을 기울이지 않았지만 공주만은 왕에게 왕이 했던 약속을 상기시켜 주었지. 그러자 왕은 당장 영웅을 대령시키라고 명령을 내렸어. 하지만 이 불행한 청년이 기형이 되어 나타나자 공주는 두 손으로 얼굴을 가리고 소리쳤지. '저 끔찍한 호두까기를 어서 내쫓지 못할까. 어서!' 그 즉시 시종이 드로셀마이어의 좁다란 어깨를 잡아 문밖으로 내동댕이쳤단다.

왕은 사람들에게 억지로 자기에게 호두까기를 사윗감으로 앉히라고 했다며 길길이 날뛰었지. 그런 다음 이 모든 일을 시계 제작자와 궁정 천문학자의 탓으로 돌리며 두 사람을 영원히 궁에서 추방해 버렸단다. 이건 궁정 천문학자가 뉘른베르크에서 친 별점에는 나오지 않은 일이었지. 그래도 궁정 천문학자는 멈추지 않고 새롭게 별들을 관찰했어. 그리고 별 속에서 드로셀마이어 청년이 호두까기라는 새로운 상황에 처해서도 의연히 행동하게 될 것이고, 보기 흉한 기형이 되었지만 왕자가 되고, 왕이 되리라는 걸 알아냈단다. 단, 청년의 기형적인 외모는 마우제링크스 부인의 아들, 즉 부인이 비계 사건 때의 그 일곱 아들들을 잃은 후 다시 낳은 아들이요, 생쥐 대왕이 된 머리 일곱 달린 아들이 이 청년의 손에 죽고, 한 숙녀가 청년의 기형적인 외모에도 아랑곳 않고 청년을 사랑하게 되어야만 사라질 수 있다고 했단다. 그런데 사람들이 말하기를, 크리스마스 때 뉘른베르크에 있는 청년의 아버지 가게에서 정말로 청년 드로셀마이어를 본 사람이 있다지 뭐냐. 그리고 청년이 호두까기이면서 또 왕자의 모습을 하고 있었다는구나! 얘들아, 이것이 단단한 호두에 관한 동화란다! 이제 너희들, 왜 어려운 문제를 두고 사람들이 종종 '그건 정말 단단한 호두였어!'*라고 말하는지, 그리고 호두까기 인

* 독일어로 '그건 정말 어려운 문제였어.'라는 뜻.

형들이 왜 그렇게 못 생겼는지 알겠지?"

이렇게 고등 법원 판사는 이야기를 끝맺었다. 마리는 피를리파트 공주가 원래부터 아주 못되고 은혜를 모르는 애라고 말했다. 반면 프리츠는 호두까기 인형이 용감한 녀석이라면 거침없이 생쥐 대왕을 물리치고 곧 본래의 멋진 모습을 되찾게 될 거라고 장담했다.

삼촌과 조카

이 이야기를 읽거나 듣고 있는 사랑하는 나의 독자 혹은 청중들 중 우연히 유리에 벤 경험이 있는 사람은 그것이 얼마나 아픈지, 또 낫는 데도 오래 걸리기 때문에 얼마나 고약한 일인지 잘 알 것이다. 마리는 일어나기만 하면 계속해서 너무 어지러워 거의 일주일을 꼬박 침대에 누운 채로 지내야 했다. 그래도 마침내, 완전히 건강을 되찾아 다른 때처럼 신나게 거실을 뛰어다닐 수 있게 되었다. 유리 장식장 안은 아주 근사해 보였다. 나무와 꽃, 집들 그리고 윤기가 흐르는 아름다운 인형들이 반짝이며 새롭게 장식장에 진열되어 있었기 때문이었다. 마리는 이 모든 것들을 제쳐 두고 사랑스러운 자기의 호두까기 인형부터 찾아보았다. 호두까기 인형은 두 번째 칸에 있었는데, 아주 건강해 보이는 작은 이를 드러내며 마리에게 미소를 짓고 있었다. 좋아하는 호두까기 인형을 하염없이 바라보자니 마리는 드로셀마이어 대부가 들려준 이야기, 그러니까 호두까기 인형에 관한 이야기, 호두까기 인형이 마우제링크스 부인과 그 아들들에게 겪은 이야기가 떠오르며 갑자기 두려운 마음이 밀려왔다. 마리는 자기의 호두까기 인형이 다름 아니라 뉘른베르크 출신의 드로셀마이어 청년이라는 것, 드로셀마이어 대부의 친절한, 하지만 안타깝게도 마우제링크스 부인이 건 마법에 걸린 바로 그 조카라는 걸 알고 있었다. 그도 그럴 것이 마리는 이야기를 들을 때부터 피를리파트 공주 아버지네 궁정의 솜씨 좋은 시계 제작자가 바로 고등 법원 판사 드로셀마이어 자신이라는 걸 한순간도 의심한 적이 없었다. "그런데 대부님은 왜 당신을 도와주지 않으셨을까요. 도대체 왜 도와주지 않으신 걸까요?" 마리는 불만을 털어놓았다. 그 순간, 마리의 마음속에서 점점 더 실감 나게 형태를 갖춰 가는 생각이 있었으니, 바로 저 전투, 그러니까 마리가 함께 현장에 있으면서 보았던 그 전투가 호두까기 인형의 왕국 그리고 왕관과 관계가 있다는 것이었다. 다른 모든 인형들이 호두까기 인형의 부하이지 않았던가? 그러니 궁정 천문학자의 예언이 적중하여 드로셀마이어 청년이 인형 왕국의 왕이 된 것이 확실하지 않은가? 영리한 마리는 이 모든 일들을 곰곰히 생각해 보았다. 그리고 호두까기 인형과 부하들이 살아 움직인다고 믿는 순간, 진짜로 모두들 살아서 움직일 거라는 생각이 들었다. 하지만 그렇게 되기는커녕, 오히려 장식장 안에 있는 모든 것들은 뻣뻣하고 미동도 없었다. 그래도 마리는 마음속 깊이 새겨진 확신을 거둘 생각이 전혀 없었다. 모든 것이 단지 마우제링크스 부인과 머리 일곱 달린 부인의 아들들이 건 마법이 지속된 탓이라는 생각만 들었다. "하지만" 마리는 큰 소리로 호두까기 인형에게 말했다. "당신이 움직이지도, 또 나와 한마디 말도 나누지 못한다 해도, 친애하는 드로셀마이어 씨! 나는 알아요. 당신이 내가 하는 말을 이해하고, 또 내가 당신에게 얼마나 좋은 마음을 가지고 있는지 다 알고 있다는 걸요. 도움이 필요할 땐 언제든지 나에게 기대세요. 최소한 대부님께 부탁드릴 수는 있을 거예요. 필요할 때면 대부님이 멋진 솜씨로 당신을 도우러 달려오도록 말이에요." 호두까기 인형은 아무 말 없이 조용히 있었다. 하지만 장식장 유리문을 통해 나직한 한숨 소리가 새어 나오는 것 같았다. 한숨 소리는 거의 들릴락 말락 하면서도, 신기하고 사랑스럽게 울려 퍼졌다. 작은 은방울과 같은 목소리가 이렇게 노래하는 것 같았다.

"마리아, 어린 그대
나의 수호천사여.
나는 당신의 것이리니.
마리아, 나의 수호천사여."

마리는 전율이 일며 한기가 덮쳐 왔지만, 그 가운데에서도 아주 묘한 기쁨을 느꼈다. 날이 저물어 어스름이 내려앉았다. 마리의 아버지가 드로셀마이어 대부와 함께 들어왔다. 얼마 지나지 않아 언니 루이제가 차를 준비했고 가족들은 둥글게 둘러앉아 온갖 재미있는 이야기를 주고받았다. 마리는 아무 말 없이 조용히 자기가 쓰는 작은 의자를 가져와 드로셀마이어 대부의 발치에 앉았다. 마침 아무도 말을 하지 않자 마리가 커다랗고 푸른 눈으로 고등 법원 판사의 얼굴을 빤히 바라보며 말했다. "사랑하는 드로셀마이어 대부님, 저는 이제 다 알아요. 제 호두까기 인형이 대부님의 조카인 뉘른베르크에서 온 그 드로셀마이어 청년이라는 것을요. 그 사람은 왕자, 어쩌면 왕이 된 것 같아요. 정확히 맞았어요. 대부님과 동행했던 그 천문학자가 예언한 것 말이에요. 하지만 대부님의 조카가 마우제링크스 부인의 아들이자 흉측한 생쥐 대왕과 전투 중인 걸 대부님도 알고 계시죠? 대부님은 왜 조카를 도와주시지 않는 거죠?" 마리는 자기가 본 전투의 모든 과정을 다시 한 번 이야기했지만 루이제와 어머니가 자꾸 웃는 통에 중간중간 이야기가 끊기곤 했다. 프리츠와 드로셀마이어 대부만이 진지하게 귀를 기울였을 뿐이다. "도대체 저 애 머릿속엔 뭐가 들었기에 저런 이상한 생각을 하는 거람?" 의사인 아버지가 말했다. "나 원 참, 그러게나 말이에요." 어머니가 대답했다. "재가 상상력이 뛰어나잖아요. 창상열

이 너무 심해서 그런 꿈을 꾸었나 봐요." "그 이야긴 전부 사실이 아니야. 빨간 옷을 입은 내 경기병들은 그런 겁쟁이들이 아니라고. 세상에, 그렇게 겁쟁이들과 내가 어떻게 같이 지내겠어?" 프리츠가 말했다. 하지만 드로셀마이어 대부는 알듯 모를 듯한 미소를 지으면서 어린 마리를 무릎 위에 앉히고는 여느 때보다 더 부드럽게 말했다. "아이고, 얘야. 사랑스러운 우리 마리, 너는 나나 우리 모두가 가진 것보다 훨씬 많은 것들을 가지고 있어. 피를리파트 공주처럼 타고난 공주이고, 너도 아름답고 빛나는 왕국을 다스리고 있지 않니. 하지만 기형이 된 그 불쌍한 호두까기 인형을 계속 신경 쓰면 네가 많이 괴로울 것 같구나. 호두까기 인형이 가는 곳곳마다 생쥐 대왕이 호두까기를 뒤쫓아 올 테니까 말이다. 하지만 나는 아니야. 호두까기 인형은 너, 오직 너만이 구할 수 있어. 의연히 행동하고 마음 굳건히 먹으렴." 마리도, 그 누구도 드로셀마이어 대부가 무슨 뜻에서 이 말을 하는지 알 수 없었다. 오히려 의료 관료이자 의사인 마리의 아버지는 드로셀마이어 대부가 지나치게 이상한 말을 한다는 생각이 들어, 고등 법원 판사의 맥을 짚어 보고는 이렇게 말했다. "소중한 나의 친구여, 머리로 피가 많이 몰려 있군요. 울혈이 심하네요. 내가 처방전을 써 드리리다." 다만 마리의 어머니는 깊은 생각에 잠기어 고개를 저으며 나직한 목소리로 이렇게 말했다. "판사님이 무슨 말씀을 하시려는 건지 알 것도 같은

데, 정확히 콕 집어 말할 수가 없네요."

승전

그로부터 얼마 지나지 않은 어느 달 밝은 밤, 마리는 평소 듣지 못했던 소란스러운 소리에 잠에서 깨어났다. 소리는 방 한쪽 구석에서 나는 것 같았다. 조그만 돌멩이들을 이리저리 던지고 굴리는 것 같은 소리였다. 그 사이사이로 정말 귀에 거슬리는 찍찍대는 소리, 휘휘 휘파람을 부는 것 같은 소리도 들려왔다. "아, 생쥐들이에요. 생쥐들이 또 왔어요." 마리는 소스라치게 놀라 이렇게 외치며 어머니를 깨우려고 했다. 하지만 생쥐 대왕이 벽에 난 쥐구멍으로 기어 나와 번들거리는 눈으로 왕관을 쓰고 방안을 돌아다니다가, 단숨에 침대 바로 곁에 놓여 있는 탁자 위로 뛰어오르는 걸 보자 마리는 소리가 목에 걸려 목소리를 내기는커녕, 온몸을 옴짝달싹할 수조차 없었다. "히히히, 네 알사탕과 아몬드 설탕 과자를 나한테 내놓아라. 이 콩알만 한 녀석. 안 내놓으면 네 호두까기 인형을 물어뜯어 버리겠어!" 생쥐 대왕은 쉬익쉬익 째지는 듯한 소리를 내면서 으득으득 깨무는 시늉을 했고, 흉하게 이를 갈기도 했다. 그러고는 잽싸게 쥐구멍으로 다시 도망쳤다. 생쥐 대왕의 끔찍한 모습에 얼마나 겁을 먹었는지, 다음 날 아침 마리는 창백한 얼굴로 일어났다. 마음 역시 진정되지 않아 단 한 마디도 할 수 없었다. 어머니나 루이제 언니, 아니 적어도 프리츠 오빠에게만이라도 밤새 자신이 겪은 일을 얘기하고 싶은 마음이 수천 번도 더 들었지만, 한편으로는 이런 생각이 들었다. '한 사람이라도 나를 믿어 줄까? 믿어 주기는 커녕 큰소리로 비웃지나 않으면 다행이지 않을까?' 아무튼 분명한 것은 호두까기 인형을 구하기 위해서는 마리가 알사탕과 아몬드 설탕 과자를 내주어야 한다는 것이었다. 마리는 이 생각에서 벗어날 수가 없었다. 다음 날 저녁, 마리는 그동안 자기가 가지고 있던 알사탕과 아몬드 설탕 과자를 전부 다 장식장의 턱 앞에 놓아두었다. 아침에 마리의 어머니가 말했다. "쥐들이 어디서 이렇게 갑작스레 거실로 몰려드는 건지 알 수가 없네. 이거 봐라, 마리야. 안쓰럽기도 하지. 네 과자를 쥐들이 몽땅 먹어 치웠구나." 정말이었다. 먹성 좋은 생쥐 대왕의 입맛에도 속을 채운 아몬드 설탕 과자는 맞지 않았는지 남아 있긴 했지만 날카로운 이빨로 쏠아 놓은 바람에 그마저도 결국 버릴 수밖에 없었다.

마리는 사탕 과자가 어떻게 되든 상관없었다. 오히려 호두까기 인형을 구했다는 생각에 마음속으로는 기쁘기도 했다. 하지만 전날 밤에 이어 그날 밤에도 쉬익쉬익 휘파람을 부는 것 같은 소리와 찍찍거리는 소리가 귓전에 들렸을 때, 마리는 어땠을까? 아아, 또다시 생쥐 대왕이 모습을 드러낸 것이었다. 전날 밤보다 더 끔찍하게 두 눈을 번득이며 잇새로는 쉬익쉬익, 전날 밤보다 더 귀에 거슬리는 휘파람 소리를 냈다. "네 설탕 인형과 설탕 공예 인형들을 나한테 내 놓아라 이 콩알만 한 녀석, 그렇지 않으면 네 호두까기 인형을 물어뜯어 버릴 거다! 네 호두까기 인형 말이야!" 이렇게 말한 다음 저 끔찍한 생쥐 대왕은 또다시 도망쳐 버렸다. 마리는 너무나도 울적했다. 다음 날 아침, 마리는 장식장으로 갔다. 그러고는 슬픈 눈길로 설탕 인형과 설탕 공예 인형들을 바라보았다. 마리가 고통스러워하는 건 당연했다. 왜냐면 말이다, 지금 주의를 집중하여 내 이야기를 듣고 있을 마리! 너희들은 이 어린 소녀 마리 슈탈바움이 가지고 있는 설탕 인형과 설탕 공예 반죽으로 만든 인형들이 얼마나 사랑스러운지 알 수 없을 거다. 아주 잘생긴 양치기가 부인과 함께 우유처럼 하얀 양 떼에게 풀을 먹이는가 하면, 그 옆에서는 명랑한 양치기네 강아지가 신나게 뛰어다니고 있었다. 그뿐 아니라 우체부 두 명이 편지를 들고 오고 있고, 아주 보기 좋게 말쑥하고 화려하게 차려입은 청년들과 과하게 꾸며 입은 처녀들 네 쌍이 러시아 풍의 그

네를 타고 있었다. 두서넛의 춤추는 사람들 뒤로 소작인 펠트큄멜이 오를레앙의 처녀*와 함께 서 있었다. 마리는 이 설탕 인형들은 어떻게 되어도 괜찮았다. 하지만 장식장 가장 구석에 서 있는 볼이 빨간 어린아이는 마리가 무척이나 좋아하는 아이였다. 어린 마리의 두 눈에 눈물이 솟구쳐 올랐다. "아아!" 마리가 호두까기 인형에게로 돌아서며 외쳤다. "친애하는 드로셀마이어 씨, 당신을 구하기 위해서라면 나는 그 어떤 일도 가리지 않을 거예요. 하지만 그래도 이건 너무 가혹하네요!" 그 말을 듣는 호두까기 인형도 곧 울음을 터트릴 것만 같았다. 마리는 생쥐 대왕이 불행한 호두까기 청년을 삼키려고 일곱 개의 아가리를 쩍 벌리고 있는 모습이 눈에 선하여, 모두를 희생시키기로 결심했다. 그리하여 그날 밤, 마리는 이전에 과자들을 내놓았던 것처럼 설탕 인형들을 모두 장식장의 턱에 앉혀 놓았다. 그리고 양치기와 그의 부인, 양들에게 키스를 하고 맨 마지막에 장식장 구석에서 설탕 공예 반죽으로 빚은, 마리가 사랑하는 볼이 빨간 어린아이를 끄집어내어 제일 뒷줄에 세웠다. 소작인 펠트큄멜과 오를레앙의 처녀는 맨 앞줄에 자리를 잡아야 했다. 다음 날 아침, 마리의 엄마가 큰 소리로 말했다. "이런 이런, 못된 녀석을 보겠나. 못되고 덩치 큰 쥐가 장식장 안에 눌러사는 게 분명해. 가여운

* 1339년에서 1453년까지 이어진 영국과 프랑스 간의 전쟁에서 맹활약을 펼친 프랑스의 영웅 잔 다르크를 이르는 말.

우리 마리의 예쁜 설탕 인형들을 죄다 갉아 놓고 물어뜯었네."
마리는 눈물을 참을 수 없었다. 하지만 이내 다시 미소를 지었다. '무슨 일이 벌어졌든, 그래도 호두까기 인형은 구했잖아.'라는 생각을 하면서. 저녁때, 어머니는 고등 법원 판사에게 생쥐 한 마리가 아이들의 장식장 안을 휘젓고 다니며 행패를 부린다는 이야기를 했다. 그러자 마리의 아버지가 말했다. "못된 쥐가 아이들의 장식장에 출몰하면서 가여운 마리의 사탕 과자들을 몽땅 먹어 치우는데, 그런 쥐 한 마리를 잡지 못하다니 끔찍하군."
"아휴." 프리츠가 생각났다는 듯 명랑한 말투로 끼어들었다. "아래 빵집 아저씨네 집에 뛰어난 고양이 공사관이 있는데요, 제가 데리고 올게요. 그 고양이 공사관이라면 이 일을 곧 마무리 지을걸요? 생쥐의 머리를 확 물어뜯고 말 테니까요. 그 생쥐가 마우제링크스 부인이든, 아니면 부인의 아들인 생쥐 대왕이든 간에 말이에요." "그리고" 뒤이어 아이들의 어머니가 웃음기를 머금고 말했다. "의자랑 책상 위를 이리 폴짝, 저리 폴짝 뛰어다니며 유리잔과 찻잔을 마구 떨어트려 수천 가지도 더 되는 다른 피해를 불러일으키겠지." "아, 꼭 그렇지는 않아요. 빵집 아저씨네 고양이 공사관은 아주 날쌔니까요. 나도 그 공사관님처럼 뾰족한 지붕 위를 우아하게 걸어 다니고 싶은걸요." 프리츠가 대답했다. "밤에는 '고양이 절대 사절'이다." 고양이라면 질색하는 루이제가 말했다. "프리츠 말이 맞기는 하지. 하지만 쥐덫을 놓을 수도 있어. 우리 집에 쥐덫이 없던가?" 의사가 말했다. "그건 드로셀마이어 대부님이 제일 잘 만드실 거예요. 직접 발명하신 분이잖아요." 프리츠가 외치자 모두들 웃음을 터트렸다. 그리고 부인이 집에 쥐덫이 없다는 걸 확인하자 대부는 자신에게 쥐덫이 많이 있다며, 즉시 아주 근사한 쥐덫 한 개를 집에서 가져오게 했다. 이제 프리츠와 마리는 대부가 들려주었던 단단한 호두에 관한 동화가 눈앞에 생생하게 펼쳐지는 것 같았다. 요리사 도레 부인이 돼지비계를 볶자 마리는 덜덜 떨며, 온통 동화와 그 속에 나오는 이상한 일들에 대한 생각에 휩싸여 잘 아는 사이인 도레 부인에게 이렇게 말했다. "아, 왕비님, 부디 마우제링크스 부인과 그 가족들을 조심하세요." 그러자 프리츠가 칼을 뽑아 들고 이렇게 말했다. "맞아. 이놈들, 나오기만 해 봐. 단칼에 처치해 버릴 테다!" 그러나 부뚜막 위도, 또 부뚜막 아래도 조용하기만 했다. 고등 법원 판사가 가느다란 실에 비계를 묶은 쥐덫을 조심조심 유리장 안에 가져다 놓자, 프리츠가 소리쳤다. "조심하세요. 시계 제작자 대부님, 생쥐 대왕이 대부님한테 장난을 칠지도 모르니까요." 아, 그날 밤, 가엾은 마리는 어떠했던가! 마리의 팔뚝 위로 이리저리 얼음같이 차가운 것이 스쳐 지나가는가 싶더니, 구역질 날 것 같은 거칠거칠한 것이 마리의 뺨에 배를 대고 마리의 귀에다 찍찍거렸다. 마리의 어깨에 끔찍한 생쥐 대왕이 앉아 있었던 것이다. 그리고 쩍 벌린 생쥐 대왕의 일곱 개의 아가리에서는 피처럼 빨간 침이 질질 흐르고 있었다. 생쥐 대왕은 빠득빠득 이 가는 소리, 뚜둑뚜둑 관절이 부딪는 소리를 내기도 하더니, 충격과 공포로 온몸이 굳어 버린 마리의 귀에 대고 쇳소리를 내며 말했다.

"도망가지, 도망가고말고.

그 집에는 들어가지 않아.

맛있는 음식에는 다가가지 않아.

절대로 잡히지 않을 거다.

도망가지.

내놓아라, 내놔. 네 그림책들 전부, 네 옷가지들도!

내 말대로 하지 않고도 네가 편할 줄 아냐.

알고 있어라. 내 말대로 하지 않으면 호두까기 인형을 그리워하며 지내야 한다는 걸. 내가 녀석을 물어 죽일 테니까.

히히, 푸푸.

찍찍!"

이제 마리는 슬픔과 낙담에 빠지고 말았다. 다음 날 아침, 어머니는 "그 못된 쥐가 아직도 잡히지 않았네."라고 말하다가 마리가 아주 창백하고 당혹스러워하는 것 같아 보이자, 딸이 사탕과자들 때문에 슬프고 쥐가 무서워서 그러는 모양이라고 생각하고는 이렇게 덧붙여 말했다. "하지만 걱정하지 마라, 얘야. 그 못된 쥐는 곧 쫓아낼 테니까. 쥐덫이 소용없으면 프리츠에게 회색 고양이 공사관을 데려오라고 하면 돼." 마리는 거실에 혼자 있게 되자 즉시 장식장 앞으로 갔다. 그러고는 흐느껴 울며 호두까기 인형에게 말했다. "아, 사랑하는 나의 착한 드로셀마이어 씨, 불행하고 가여운 소녀인 내가 당신을 위해 무엇을 할 수 있을까요? 이제 내 그림책 전부와 성스러운 예수님이 선물해 주신 아름다운 새 옷까지 모두 그 흉측한 생쥐 대왕이 물어뜯게 내준다고 해 봐요. 그래도 생쥐 대왕은 점점 더 많은 것을 요구하지 않을까요? 그래서 마지막에 내가 가진 것이 아무것도 없으면, 물건들 대신 나를 물어뜯으려 하지 않을까요? 아, 나는 불쌍한 아이예요. 불쌍한 나는 이제 어떻게 해야 하죠? 이제 어떻게 해야 할까요?" 어린 마리는 그렇게 낙담한 채 슬퍼했다. 그러다가 저 전투가 벌어지던 날 밤, 호두까기 인형의 목에 생긴 커다란 핏자국이 그대로 남아 있다는 것을 알아차렸다. 사실 마리는 호두까기 인형이 원래는 고등 법원 판사의 조카인 드로셀마이어 청년이라는 걸 알게 된 후로, 더 이상 호두까기 인형을 팔에 안고 쓰다듬거나 뽀뽀를 해 주지 않았다. 왠지 부끄러워서 거의 만지지도 않았었다. 하지만 지금은 조심스럽게 장식장에서 호두까기 인형을 꺼내어 평소 들고 다니던 손수건으로 목에 난 핏자국을 문질러 닦기 시작했다. 그런데 갑자기 손에 들고 있던 호두까기 인형이 따뜻해지며 움직이기 시작하는 것이 느껴졌다. 그때 마리는 어땠을까. 마리는 그 즉시 호두까기 인형을 장식장 안에 되돌려 놓았다. 그러자 호두까기 인형이 작은 입을 이리저리 달싹이며 힘겹게 속삭였다. "아, 친애하는 슈탈바움 양, 뛰어난 친구여. 그동안 당신이 하신 모든 일에 감사를 표합니다. 아니요, 그림책도 예수님께서 선물하신 옷도 저를 위해 희생하지 마십시오. 그저 칼 한 자루만 구해 주십시오. 칼 한 자루입니다. 나머지는 저에게 맡겨 주십시오. 그자는……." 호두까기 인형의 말은 여기서 끝났다. 그리고 마음속 가장 깊은 곳에서 우러나온 우수로 생기를 띠었던 두 눈동자도 다시 생기를 잃고 굳은 눈동자로 돌아왔다. 마리는 이제 그 어떤 두려움도 느껴지지 않았다. 오히려 기뻐서 폴짝폴짝 뛸 정도였다. 더 이상 고통스러운 희생을 치르지 않고도 호두까기 인형을 구할 방법을 알게 되었으니까. 그나저나 이제 그 작은 남자를 위해 어디서 칼을 구해 와야 한담? 마리는 프리츠와 논의해 봐야겠다고 결심했다. 저녁때 부모님이 모두 외출하시고 프리츠와 마리 단둘이 거실 장식장 곁에 앉아 있게 되자, 마리는 프리츠에게 호두까기 인형과 생쥐 대왕 때문에 자기가 당했던 일들을 빠짐없이 들려주었다. 이어서 이제 호두까기 인형을 구할 수 있는 때가 왔다는 이야기도 했다. 프리츠는 마리의 말대로라면 자신의 경비병들이 전투 중에 지지리 못나게 처신한 것이 되므로 생각이 많은 것 같았다. 그래서인지 프리츠는 다시 한 번, 아주 진지하게 물어보았다. 정말로 그랬냐고. 마리가 말했던 그대로였다고 확인해 주자 프리츠는 얼른 장식장으로 가서 열정적으로 경기병들에게 연설을 늘어놓았다. 그런 다음 자기중심적이고 비겁하게 처신한 것에 대한 벌로 경기병의 모자에 붙였던 군기*를 하나하나 차례대로 잘라 내고는, 일 년 동안 근위대의 행진곡을 불지 못하도록 금지시켰다. 프리츠는 벌주기를 모두 마친 다음, 다시 마리에게로 돌아서며 말했다. "칼을 구하는 것이 문제라면 내가 호두까기 인형을 도와줄 수 있어. 어제 늙은 기마병 대령 한 명을 퇴역시켰거든. 그러니까 이제 대령한테는 날카롭고 멋진 칼이 필요 없어." 프리츠가 말한 대령은 장식장 세 번째 칸 가장 후미진 귀퉁이에서 하는 일 없이 프리츠가 정한 연금을 받아 쓰며 살고 있었다. 프리츠는 이 늙은 대령을 꺼내어 대령이 차고 있던 멋진 은제 칼을 벗겨서 호두까기 인형에게 둘러 주었다.

그날 밤, 마리는 온몸에 전율이 일 정도로 무서워서 잠을 이룰 수 없었다. 자정이 되자 거실에서 이상하게 소란스러운 소리가 들리고, 덜그럭 달그닥, 쉭쉭거리는 소리가 나는 것 같았다. 그러다가 갑자기 "찌익!" 하는 소리가 났다. "생쥐 대왕! 생쥐 대왕이야!" 마리는 소스라치게 놀라 침대에서 벌떡 일어났다. 하지만 아무 일도 없었던 듯 사방이 너무나도 조용했다. 곧이어 조심스레 문 두드리는 소리가 났다. 그리고 아주 가느다란 목소

* 부대를 상징하는 표식. 주로 깃발, 모자 등에 부착해 소속된 부대를 표시한다.

리가 들려왔다. "지고하신 슈탈바움 양, 안심하고 문을 열어 보십시오. 기쁘고 좋은 소식입니다!" 마리는 그 목소리가 드로셀마이어 청년의 목소리라는 걸 알고는 웃옷을 걸치고 날개가 달린 것처럼 재빨리 좇아가 문을 열었다. 문을 열자 호두까기 인형이 오른손에는 피가 흐르는 칼을, 왼손에는 촛불을 들고 서 있었다. 마리를 보자 호두까기 인형이 한쪽 무릎을 꿇고는 이렇게 말했다. "오, 고귀한 숙녀여! 나에게 기사의 용기를 북돋우어 주고 함부로 당신을 조롱했던 거만한 자와 싸울 수 있도록 이 팔에 힘을 준 것도 당신, 오직 당신입니다. 이제 불충한 생쥐 대왕은 제압당하여 자신이 흘린 피 속에서 뒹굴고 있습니다! 오, 고귀한 숙녀여! 나는 죽기를 각오하고 헌신할 당신의 기사이니 내 손에서 이 승리의 표시를 거절하지 말고 받아 주길 바랍니다!" 이렇게 말하며 호두까기 인형은 자신의 왼쪽 팔뚝 위에 올려 두었던 일곱 개의 왕관을 능숙한 솜씨로 가볍게 내려 살짝 닦은 다음 마리에게 건넸다. 마리는 얼굴 가득 기쁨이 넘치는 표정으로 왕관들을 받아 들었다. 호두까기 인형은 다리를 펴고 자리에서 일어나 계속해서 말했다. "아, 고매한 슈탈바움 양, 이제 적을 제압하여 승리했으니 지금 이 순간만큼은 당신을 위해 정말로 멋진 것들을 보여 드리고 싶군요. 몇 걸음만 나를 따라 오는 호의를 베푼다면 말입니다! 오, 그렇게 해 주시지요. 그렇게 해 주세요, 고매한 아가씨!"

인형 왕국

얘들아, 나는 너희들 중 누구든지 이 진솔하고 선량하며 나쁜 일이라고는 생각조차 해 본 적 없는 호두까기 인형을 따라나서기를 주저하지 않으리라 믿어마지 않는다. 마리는 자신이 호두까기 인형에게 감사의 답례를 요구할 자격이 충분하다는 걸 잘 알기에 더더욱 그를 따라가는 데 서슴없었다. 더군다나 호두까기 인형은 약속을 지키는 사람이었으므로 분명 멋진 것을 보여주리라는 확신도 있었다. 그래서 마리는 이렇게 말했다. "당신과 함께 가겠어요, 드로셀마이어 씨. 그런데 너무 멀거나 너무 오래 걸리면 안 돼요. 그동안 충분히 자지 못했거든요." "그래서 좀 힘들긴 해도 가장 가까운 길을 골랐답니다." 호두까기 인형이 대답했다. 호두까기 인형이 앞장서서 걸었고 마리는 호두까기 인형이 복도에 있는 육중하고 오래된 옷장 앞에 멈추어 설 때까지 그를 뒤따라갔다. 마리는 평소 꼭 잠겨 있던 장롱 문이 활짝 열려 있고, 그래서 장롱 맨 앞에 걸려 있는 아버지의 여행용 여우 털 외투가 또렷하게 눈에 들어오자 깜짝 놀랐다. 호두까기 인형은 장롱의 돌출된 부분과 목조 장식들을 딛고 아주 능숙하게 장롱 속으로 기어 올라가, 여우 털 외투의 등판에 늘어져 있는 튼튼한 끈에 달린 수술 장식을 움켜잡았다. 그리고 이 수술을 힘껏 잡아당기자 그 즉시 외투 소매 사이로 정교하게 만든 삼나무 원목의 계단이 내려왔다. "친애하는 숙녀님, 그냥 위로 올라오기만 하면 됩니다." 호두까기 인형이 마리를 향해 외쳤다. 마리는 하라는 대로 했다. 옷소매를 다 지나 옷의 목깃 부분이 내다보이는가 싶더니 눈이 멀 정도로 밝은 빛이 쏟아졌다. 그리고 마리는 갑자기 아름답고 향기로운 초원 위에 서 있었다. 초원에서는 수백만 개의 불빛이 뿜어져 나와 마치 수백만 개의 보석이 반짝이는 것 같았다. 호두까기 인형이 말했다. "우리는 지금 얼음사탕 초원에 있답니다. 하지만 곧 저 문을 지나갈 겁니다." 마리는 눈을 들어 보았다. 그러자 아름다운 문이 눈에 들어왔다. 초원 위에 비죽이 솟아 있는 그 문은 불과 몇 걸음만 더 걸어가면 되는 곳에 있었다. 마리가 보기에는 흰색과 갈색 그리고 건포도 빛깔의 대리석으로 만들어진 문 같았다. 그러나 문에 좀 더 가까워지자 문 전체가 아몬드와 건포도를 한데 구운 덩어리라는 걸 알 수 있었다. 호두까기 인형이 확인해 준 바에 따르면, 호두까기 인형과 마리가 막 지나온 이 문은 그래서 아몬드-건포도-문이라고 불렸는데, 서민들 사이에서는 엉뚱하게도 '대학생 안주거리' 문이라고 불린다고 했다. 이 문에는 돌출 회랑이 있었다. 겉보기에는 맥아당으로 만든 것처럼 보이는 불쑥 튀어나온 이 회랑 위에서 빨간 조끼를 입은 원숭이 여섯 마리가 지금껏 들어 본 중 가장 아름다운 터키 행진곡을 연주하고 있었다. 그래서 마리는 다채로운 대리석 타일 위를 계속해서 걷고, 또 걸으면서도 멀리까지 가고 있다는 것을 거의 의식하지 못했다. 이 대리석 타일은 사실 다름 아닌 땅콩사탕을 아름답게 가공한 것이었다. 곧 양쪽으로 펼쳐진 작고 신기한 숲에서 달콤하기 그지없는 냄새가 흘러나와 호두까기 인형과 마리를 감쌌다. 빛이 얼마나 눈부시게 반짝이며 어두운 나뭇잎 사이로 새어 들어오는지, 알록달록하게 색칠한 나무줄기에 은빛, 금빛의 열매들이 주렁주렁 달려 있는 것과, 굵은 나뭇가지와 나무둥치를 리본으로 묶고 꽃다발로 치장하여 마치 즐거운 신랑, 신부와 흥겨워하는 결혼식 하객 같은 모습도 선명하게 볼 수 있었다. 살랑거리며 불어오는 미풍처럼 오렌지 향기가 살랑살랑 코끝을 스치면, 나뭇가지와 나뭇잎에서 솨솨 바람 소리가 들리며 금박 장식들이 바스락, 부스럭 바람결에 부딪치는 것 같은 소리가 났다. 이 소리들은 환성을 지르게 하는 음악 소리 같았다. 마리는 그 음악 소리에 작은 불빛들이 퐁퐁 튀어 올라 춤을 출 수밖에 없겠구나 싶었다. "아, 이곳은 정말 아름답네요." 마리가 행복에 겨워 취한 듯 소리쳤다. "우리는 크리스마스 숲 속에 와 있답니다. 착한 아가씨." 호두까기 인형이 말했다. "아!" 마리가 말을 이었다. "여기 좀 더 있어도 될까요? 이곳은 정말이지 너무나도 아름답네요." 호두까기 인형이 작은 두 손으로 손뼉을 쳤다. 그러자 곧 키 작은 양치기들과 양치기 여인들, 남녀 사냥꾼 몇 명이 두 사람이 있는 곳으로 왔다. 모두들 어찌나 새하얗고 부드러운지, 순전히 설탕만으로 만들어졌다고 해도 믿을 정도였다. 마리는 숲 이곳 저곳을 산책하며 다녔는데도 그들이 있는 걸 알아차리지 못했었다. 설탕으로 된 것 같은 사람들이 순금으로 만든 아주 멋진 팔걸이의자 한 개를 가져오더니, 그 위에 감초를 넣은 하얀 방석을 얹어 놓았다. 그러고는 마리에게 아주 공손한 태도로 그 위에 앉으라고 권했다. 마리가 의자에 앉기 무섭게 양치기와 양치기 여인들이 점잖게 발레를 추었고, 사냥꾼들은 이에 맞춰 매우 단조로운 곡조로 뿔피리를 불었다. 그러고 난 뒤 그들은 모두 숲 속으로 사라져 버렸다. "용서하십시오." 호두까기 인형이 말했다. "춤이 너무 보잘것없이 끝났군요. 친애하는 슈탈바움 양, 용서하십시오. 저 사람들은 전부 우리 꼭두각시 발레단의 단원들인데, 항상 그리고 영원히 같은 동작만 반복할 수 있을 뿐이랍니다. 또 사냥꾼들이 그렇게 졸린 듯 맥없이 뿔피리를 불었던 것 역시 나름의 이유가 있지요. 크리스마스트리에 있는 사탕 바구니가 사냥꾼들의 코 위에 걸려 있는데, 그게 좀 높이 걸려 있거든요. 자, 그럼 좀 더 둘러보시러 갈까요?" "아, 그래도 전부 다 정말 예뻤어요. 그리고 정말 마음에 꼭 들었답니다!" 마리는 자리에서 일어나 앞장서서 가는 호두까기 인형을 뒤따라가며 이렇게 말했다. 이제 호두까기 인형과 마리는 졸졸졸 감미롭게 속삭이는 시냇물을 따라 걸어갔다. 기가 막힐 정도로 좋은 향기가 막이 시냇물에서 퍼져 올라와 숲 전체를 가득 채우는 것 같았다. "이것은 오렌지 시냇물이랍니다." 마리가 궁금해하자 호두까기 인형이 말했다. "그렇지만 아름다운 향기를 제외하면 그 크기와 아름다움에 있어서 아몬드 우유 호수로 흘러 들어가는 레모네이드 강에 비할 수 없지요." 곧이어 정말로, 좀 더 세차게 철썩철썩, 쏴아 쏴 하는 소리가 들려왔고, 드넓은 레모네이드 강물이 눈에 들어왔다. 강물은 빛나는 푸른 석류석처럼 푸른빛이 한창인 덤불 사이로 회황색의 도도한 물결을 일으키며 넘실넘실 흘러가고 있었다. 멋진 강물 속에서 가슴과 심장의 기운을 돋우는 신선한 공기가 파도를 따라 솟구쳐 올라왔다. 이곳에서 그리 멀지 않은 곳에서는 황갈색 강물이 힘겹게 끌려가듯 흐르고 있었다. 그런데 그 강물에서는 매우 달콤한 향기가 났고 아주 귀여운 온갖 어린아이들이 강둑에 모여 앉아 낚시질을 하고 있었다. 아이들은 작고 통통한 물고기를 낚아서 즉석에서 먹어 치웠다. 마리는 더 가까이 다가가 본 뒤, 이 물고기들이 땅콩처럼 생겼다는 걸 알 수 있었다. 조금 떨어진 강변에는 아주 앙증맞은, 작은 마을이 하나 있었다. 집, 교회, 사제관이며 헛간까지 모든 것이 검누런 빛을 띠었지만 지붕만은 황금빛으로 치장한 마을이었다. 또 많은 외벽들이 알록달록 다채롭게 칠해져 있었는데, 레몬 젤리나 아몬드 열매를 붙여 놓은 것처럼 보였다. "저건 생강 과자 마을이랍니다." 호두까기 인형이 말했다. "저 마을은 꿀 강의 강변에 있는데 아주 예쁜 사람들이 살고 있답니다. 하지만 이 예쁜 사람들은 대부분 기분이 좋지 않아요. 치통을 심하게 앓고 있기 때문이지요. 그러니 마을에는 들어가지 맙시다." 그 순간 마리는 작은 도시가 있다는 걸 알아차렸다. 알록달록 속이 다 보이는 투명한 집들로 이루어져 보기에도 정말 예쁜 도시였다. 호두까기 인형이 이 작은 도시 쪽을 향해 곧바로 걸어갔다. 이제 마리의 귀에 미친 듯 즐겁게 떠드는 왁자한 소리가 들려왔다. 그리고 수천 명의 작고 앙증맞은 사람들이 잔뜩 짐을 실은 수레들을 장터에 세워 놓고 이리저리 살펴본 다음, 막 짐을 부리려는 모습도 보였다. 사람들이 짐에서 끄집어낸 것들은 색색으로 물들인 색종이와 납작한 초콜릿 판 같아 보였다. "우리는 사탕 마을에 와 있습니다." 호두까기 인형이 말했다. "지금 막 종이 나라와 초콜릿 왕이 보낸 소포가 도착하였습니다. 최근 사탕 마을이 안쓰럽게도 모기 제독이 이끄는 군대에게 격심한 위협을 받고 있답니다. 그래서 사탕 마을 주민들이 종이 나라에서 보낸 하사품으로 집들을 덮어 싸고, 또 초콜릿 왕이 보내온 튼튼한 초콜릿 판으로 보루를 세우려는 거랍니다. 그런데 고매한 슈탈바움 양, 여기까지 와서 소도시와 마을들만 가 볼 수는 없지 않습니까? 수도를 보셔야지요, 수도에 가 보셔야지요!" 호두까기 인형이 서둘러 앞장을 섰고, 마리는 호기심에 가득 차 그의 뒤를 따라갔다. 얼마 가지 않아 더할 나위 없이 좋은 장미 향기가 뿜어져 올라왔다. 그리고 온 사방이 은은한 향기를 내뿜는 장밋빛 미광에 둘러싸인 듯했다. 마리는 이 광경이 장밋빛으로 붉게 빛나는 강물에 반사되어서 그렇다는 것을 눈치챘다. 강물은 잔잔한 장밋빛 은물결을 일렁이며 두 사람의 앞으로 왔다가 아름답기 그지없는 음조로 노랫가락을 읊듯 찰싹찰싹 쇄쇄 소리를 내며 흘러갔다. 거대한 호수처럼 점점 폭이 넓어지는 우아한 이 강물 위로 황금 목걸이를 목에 건 너무나도 멋진 은백색의 백조들이 유유히 헤엄치며, 서로 경합하듯 세상에서 가장 아름다운 노래를 부르고 있었다. 이 노래에 맞추어 다이아몬드로 만든 것 같은 물고기들이 즐겁게 춤을 추며, 장밋빛 물결 위로 솟구쳐 올랐다가 물속으로 다시 잠수해 들어가곤 했다. "아!" 마리는 감격의 탄성을 질렀다. "아, 이것은 드로셀마이어 대부님이 나에게 만들어 주시기로 한 바로 그 호수예요. 정말이에요. 그리고 내가 바로 이 작고 사랑스러운 백조들을 쓰다듬어 줄 그 소녀이고요." 그러자 호두까기 인형은 지금껏 마리가 그에게서 단 한 번도 본 적 없는 조롱 섞인 미소를 짓더니 이렇게 말하는 것이었다. "대부님 실력으로는 절대로 그런 걸 만드실 수 없을 겁니다. 친애하는 슈탈바움 양, 당신 손으로 직접 하신다면 모를까요. 어쨌든 이 일은 더 길게 생각하지 말고 차라리 장미 호수를 건너 수도로 가시지요."

수도

호두까기 인형이 작은 손을 들어 또다시 박수를 쳤다. 그러자 장미 호수가 아까보다 더 세차게 출렁였고 파도는 더 높이 물결치며 철썩였다. 마리는 먼 곳에서 황금빛 돌고래 두 마리가 색색의 보석으로 태양처럼 눈부시게 빛나는 조가비 마차를 끌고 물 위로 달려오는 것을 보았다. 아주 귀엽게 생긴 흑인 꼬마 열두 명이 윤기가 흐르는 벌새 깃털로 짠 모자와 앞치마를 두르고 호수 기슭으로 달려왔다. 그러고는 먼저 마리를, 그다음은 호두까기 인형을 들어 올려 미끄러지듯 물결 위를 부드럽게 지나 마차 안까지 데려다주었다. 그러고 나자 마차는 곧바로 호수를 가르며 출발했다. 아, 장미 향이 사방에서 진동하고, 또 장밋빛 물결에 휩싸여 조가비 마차를 타고 나아가자니 마리는 너무나도 황홀했다. 황금 비늘을 가진 두 마리의 돌고래가 콧구멍을 치켜들고 수정 같은 물줄기를 공중 높이 뿜었다. 그러자 높이 솟구쳐 올랐던 물줄기들이 희미한 빛을 발하며, 반짝이는 무지개처럼 호를 그리며 떨어졌다. 그 순간 사랑스럽고 곱고 청아한 목소리로 이중창을 하는 듯한 노랫소리가 들려왔다.

"장미 호수에서 헤엄치고 있는 건 누군가?

요정이라네!

모기는 앵앵! 물고기는 뻐끔뻐끔, 백조는 곽곽, 황금새는 랄랄라!

물결아 일렁여라. 찰랑찰랑 울리며 노래하라. 바람을 몰고 오며 살펴보아라.

꼬마 요정, 꼬마 요정이 오고 있누나.

장밋빛 파도여, 물결쳐라. 시원하게 물결치며 꼬마 요정을 밀고 가라.

해안가로,

해안가로!"

그러나 조가비 마차 뒤에 올라타 있던 열두 명의 흑인 아이들은 물줄기의 노래를 아주 못마땅하게 여기는 것 같았다. 아이들은 양산 삼아 쓰고 있던 대추야자 잎사귀가 다 구겨지고 부서져, 부서진 잎사귀들이 여기저기 튈 정도로 마구 잎사귀를 흔들어 댔을 뿐 아니라, 두 발을 쿵쿵 구르며 아주 생경한 박자에 맞춰 이렇게 노래했다.

"우당탕퉁탕, 우당탕퉁탕, 오르락내리락
흑인들의 윤무는 조용하면 안 된다네
펄떡여라, 물고기야
휘젓고 다녀라, 백조야
굉음을 내며 가자, 조가비 마차야
우당탕퉁탕, 우당탕퉁탕, 오르락내리락!"

"흑인들은 아주 재미있는 사람들이지요." 호두까기 인형이 좀 당황한 듯 말했다. "그렇지만 지금은 이 사람들 때문에 이 호수 전체가 저에게 반란을 일으킬 것 같군요." 곧이어 호수와 공기 속에서 헤엄쳐 다니는 듯 보였던 아름다운 목소리들이 무슨 말인지 알아들을 수 없게 서로 뒤엉켜 정말로 굉음을 내기 시작했다. 하지만 마리는 그 소동에 전혀 주의를 기울이지 않았고, 오히려 향기가 피어오르는 장밋빛 물결을 바라보며 물결 결마다 귀엽고 단아한 소녀의 얼굴이 자기를 향해 미소 짓고 있는 걸 보고 있었다. "아!" 마리는 조그만 두 손으로 손뼉을 치며 기뻐 소리쳤다. "아, 친애하는 드로셀마이어 씨, 이것 좀 보세요! 저기 앞쪽에 피를리파트 공주가 있어요. 날 보고 너무너무 사랑스러운 미소를 보내고 있어요. 아, 저기 좀 보세요. 친애하는 드로셀마이어 씨!" 그러나 호두까기 인형은 한숨을 푹 쉬고는 거의 애원하듯 말했다. "오, 고귀한 슈탈바움 양, 그건 피를리파트 공주가 아니에요. 저렇게 장밋빛 물결 결마다 사랑스러운 미소를 짓고 있는 건 바로 사랑스러운 당신 얼굴이랍니다. 바로 당신이라고요." 그러자 마리는 재빨리 고개를 돌리며 뒤로 물러서서는 두 눈을 꼭 감고 부끄러워서 어쩔 줄 몰라했다. 그 순간, 열두 명의 흑인 꼬마들이 조가비 마차에서 마리를 들어 올려 육지로 옮겼다. 마리는 이제 어느 작은 덤불숲에 와 있었다. 이 숲은 크리스마스 숲보다 훨씬 더 아름답다고 할 수 있었다. 숲 속에 있는 모든 것에서 윤기가 흐르고 반짝였다. 특히 나무마다 주렁주렁 달린 진기한 과실들은 진기한 색도 색이려니와 신비로운 향까지 풍기고 있어 경탄을 자아냈다. 호두까기 인형이 말했다. "우리는 과일 잼 마을에 와 있습니다. 수도는 저쪽입니다." 이제 마리가 본 광경이란! 얘들아, 꽃들이 만개한 초원이 마리의 눈앞에 펼쳐져 있었고 그 초원 너머로 드넓게 도시가 모습을 드러냈는데, 그 아름다움과 장엄함을 너희들에게 말로 들려주려니 어디서부터 이야기를 시작해야 할지 나도 잘 모르겠다. 담장이며 탑들이 너무나도 아름다운 색깔을 자랑하며 휘황찬란하게 서 있었고, 건물 형식들 역시 정말로 독특해 세상 그 어디를 다녀 보아도 그와 비슷한 것조차 찾아볼 수 없을 것 같았어. 집집마다 지붕 대신 섬세하게 꼬아서 만든 파꽃 모양의 관을 왕관처럼 쓰고 있었고, 탑들은 우리가 볼 수 있는 한 가장 수려하고 다채로운 잎사귀 장식을 화환처럼 두르고 있었지. 호두까기 인형과 마리가 마카롱과 설탕을 입힌 열매로만 지은 듯 보이는 문을 통과하여 나오자, 은으로 만든 병사들이 받들어총을 했다. 그리고 비단으로 수놓은 잠옷 가운을 입은 작은 남자가 호두까기 인형의 목을 부둥켜안으며 이렇게 말했다. "환영합니다, 친애하는 왕자님. 과자의 성에 오신 것을 환영합니다!" 마리는 신분이 꽤 높아 보이는 사람이 드로셀마이어 청년을 왕자로 부르며 존중하는 걸 보고 적잖이 놀랐다. 하지만 뒤이어 들리는 환호성 소리, 웃는 소리, 악기 소리, 노랫소리 등 수많은 가느다란 목소리들이 미친 듯 뒤섞인 소란 속에서 다른 생각은 할 수가 없었고 다만, 이게 다 무슨 일인지만 물어볼 수밖에 없었다. "오, 친애하는 슈탈바움 양." 호두까기 인형이 대답했다. "별일 아닙니다. 과자의 성은 주민이 많은 유쾌한 도시이지요. 괜찮으시다면 좀 더 가실까요?" 몇 발자국도 채 가지 않아 두 사람은 장이 서는 커다란 광장에 다다랐다. 광장에는 근사한 볼거리들이 넘쳐 났다. 광장을 빙 둘러 집들이 서 있었는데, 모두 설탕을 부수어 만든 설탕 공예 작품들이었고, 집마다 발코니처럼 툭 튀어나온 돌출 회랑 위로 또 회랑이 탑처럼 쌓아 올려져 있었다. 광장 한가운데에는 설탕을 입힌 뾰족탑 모양의 높다란 케이크가 오벨리스크처럼 세워져 있었고, 이 케이크 둘레에 자리 잡은 아주 예술적인 네 개의 분수대에서는 레모네이드와 알싸한 소다수 그리고 기가 막히게 달콤한 여러 음료수들이 공중으로 뿜어져 나왔다. 분수 받침대에는 생크림이 모여 있어 당장이라도 숟가락으로 떠먹고 싶은 마음이 일게 했다. 그러나 이 모든 것을 뛰어넘어 가장 멋진 것은 뭐니 뭐니 해도 너무나도 사랑스러운 소인(小人)들이었다. 이 작고 사랑스러운 사람들 수천 명이 뒤죽박죽 서로 밀치락달치락하며 광장으로 몰려와 환성을 지르고, 웃고 떠들며 농지거리를 하고, 악기를 연주하고 노래를 불러 대고 있었다. 그러니까 아까 멀리 떨어진 곳에서부터 마리의 귓전에 울렸던 저 흥겹고 소란스러운 소리는 바로 이 소리였던 것이다. 이들 속에는 멋지게 차려입은 신사와 숙녀, 아르메니아 인, 그리스 인, 유대 인과 티롤 사람, 장교와 병사 그리고 목사와 양치기에다 어릿광대들까지, 한마디로 우리가 세상 어디를 가나 볼 수 있는 사람들이 모두 모여 있었다. 한쪽 모퉁이에서 소란스러운 소리가 점점 커지더니, 갑자기 물이 빠지듯 사람들이 흩어졌다. 팔란킨*을 탄 무굴 제국**의 황제가 아흔세 명의 제국 거인과 칠백 명의 노예를 거느리고 행차했던 것이다. 그런가 하면 또 다른 모퉁이에서 오백 명이나 되는 어부 조합원들이 축제 행렬을 이루어 지나가고 있었다. 그 와중에 터키 군주까지 경기병 삼천 명과 함께 산책을 하겠다며 갑작스럽게 말을 타고 시장 광장으로 들어왔고, 게다가 〈중단된 봉납제〉***에 나오는 긴 행렬이

---

* 1인승 가마.
** 16세기부터 19세기까지 인도를 다스렸던 마지막 이슬람 제국.
*** 독일의 작곡가 페터 폰 빈터의 오페라.

낭랑한 연주와 함께 '일어나 위대한 태양에게 감사하라'라는 노래를 부르며 때마침 케이크 탑을 향해 순례 중이어서 소란스러운 상황은 한층 더 혼란스러워졌다. 몰리고, 밀치고, 몰아내고, 꽥꽥 소리를 질러 대고……. 곧이어 여기저기서 절규하는 소리가 들려왔다. 어떤 어부는 사람들이 몰려드는 바람에 브라만 승려와 부딪혀 승려의 머리를 바닥에 떨어트리고 말았고, 무굴 제국의 황제는 한 어릿광대에게 깔려 거의 압사당할 뻔했다. 소동이 미친 듯 점점 더 거세졌고 사람들은 벌써 서로를 밀치고 때리며 치고받기 시작했다. 그러자 성문에서 호두까기 인형을 왕자로 대접하며 환영했던 저 비단으로 수놓은 잠옷 가운을 입은 남자가 케이크 오벨리스크 위로 기어 올라갔다. 오벨리스크 위로 올라간 남자는 아주 낭랑하게 울리는 종을 세 번 잡아당긴 다음, 큰 소리로 세 번 외쳤다. "과자 제조인! 과자 제조인! 과자 제조인!" 그 즉시 소동은 가라앉았고 사람들은 각자 요량껏 제 살길을 찾았다. 서로 엉켜 있던 행렬들이 다시 풀어지고, 먼지투성이가 되었던 무굴 제국의 황제에게서 먼지를 털어내고, 브라만 승려에게 다시 머리를 얹어 주고 나자 아까처럼 신명나는 소음이 다시 시작되었다. 마리가 물었다. "친애하는 드로셀마이어 씨, 과자 제조인이 대체 무슨 말인데 사람들이 이러는 거죠?" 호두까기 인형이 대답했다. "아, 지고하신 슈탈바움 양. 여기서 과자 제조인이란 알려지지는 않았지만 아주 무시무시한 힘을 이르는 말이랍니다. 사람들이 믿기를, 이 힘은 원하는 대로 사람을 떡 주무르듯 할 수 있다는 겁니다. 이 유쾌한 작은 백성들을 지배하는 숙명이랄까요. 백성들이 이 힘을 얼마나 두려워하는지, 그 이름을 부르는 것만으로도 방금 시장님이 증명해 보이셨듯, 어떠한 큰 소동이라도 잠잠히 가라앉힐 수 있을 정도죠. 소동이 가라앉고 나면 사람들은 제각기 현세적인 것, 말하자면 갈비뼈에 타격을 입은 것이나 머리에 혹이 난 것 따위는 더 이상 생각하지 않고 스스로를 돌아보고 이렇게 질문하는 겁니다. '인간이란 무엇인가, 인간은 무엇이 될 수 있을까?'라고 말입니다." 마리는 갑자기 공중 높이 솟아오른 수백 개의 탑과 함께 장밋빛으로 붉게 깜빡이며 빛을 발하는 성 앞에 서게 되자 경탄한 나머지, 아니 너무나도 놀라 큰 소리로 탄성을 지를 수밖에 없었다. 제비꽃, 수선화, 튤립, 십자화*를 풍성하게 묶은 꽃다발들이 성벽 위 여기저기에 흩어져 있었고, 검게 그을린 성벽의 색깔은 장밋빛이 감도는 눈부신 흰색 바닥을 더욱 도드라져 보이게 했다. 중앙 건물의 거대한 돔과 아울러 첨탑의 피라미드형 지붕들에는 금빛, 은빛으로 반짝이는 수천 개의 별이 흩뿌려져 있었다. "지금 우리는 아몬드 설탕 과자의 성 앞에 있습니다." 호두까기 인형이 말했다. 마리는 마법의 성 같은 궁전을 보느라 정신이 없

---

* 꽃부리가 십자를 이루는 꽃. 배추나 무꽃 등 노란 색도 있지만 뎀스바이올렛 보라색 십자화도 있다.

었지만 그 와중에도 큰 탑 한 곳의 지붕이 완전히 사라진 장면을 놓치지 않았다. 조그만 사람들이 계피 막대로 엮어 만든 구조물 위에 올라서서 지붕을 다시 얹으려는 것 같았다. 호두까기 인형이 마리가 묻기도 전에 덧붙여 말했다. "얼마 전, 이 아름다운 성이 지독한 폐허가 될 뻔한 적이 있었지요. 완전히 무너지지는 않았지만요. 단 것을 좋아하는 거인이 이 길을 지나가다가 저 탑의 지붕을 순식간에 먹어 버렸답니다. 그러고는 이미 중앙 건물의 돔 지붕까지 갉아 먹고 있었지요. 그러나 과자 성의 백성들은 거인에게 잼 마을의 상당 부분과 아울러 도시 한 구역을 공물로 바쳤지요. 거인은 이것들을 배불리 먹어 치운 뒤 조용히 길을 떠났답니다." 그 순간, 아주 아늑하고 부드러운 음악 소리가 들리더니 성문이 열렸다. 그리고 열두 명의 꼬마 시동이 작은 손에 횃불처럼 불을 붙인 정향나무 줄기를 쥐고 나왔다. 시동들의 머리는 한 알짜리 진주로 이루어져 있었고, 여러 개의 루비와 에메랄드들이 몸통을 이루고 있었다. 거기에다 순금으로 아름답게 가공하여 만든 작은 발로 두 사람을 향해 걸어왔다. 시동들 뒤로 귀부인 네 명이 따라왔다. 키는 마리의 클레르헨 아가씨와 거의 비슷했지만 엄청나게 근사하고 화려하게 차려입고 있어서 마리는 이 귀부인들이 날 때부터 공주였다는 걸 단 한 순간도 의심하지 않았다. 귀부인들은 호두까기 인형을 더할 수 없이 다정하게 끌어안고는 안쓰러워하면서도 반가워하며 외쳤다. "오, 우리 왕자! 세상에서 가장 훌륭한 왕자여! 오, 내 동생!" 호두까기 인형은 무척 감동한 것 같았다. 하염없이 흘러내리는 눈물을 훔치며 호두까기 인형은 마리의 손을 부여잡고 열정적으로 말했다. "이분은 마리 슈탈바움 양이에요. 아주 존경할 만한 의료 관료의 따님이자 내 생명을 구해 준 분이지요! 슈탈바움 양이 적절한 순간에 실내화를 던지지 않았더라면, 또 나에게 은퇴한 대령의 칼을 구해 주지 않았더라면 나는 그 저주받아 마땅한 생쥐 대왕에게 물어뜯겨 지금쯤 무덤 속에 누워 있었을 거예요. 아! 이분은 그런 분이랍니다! 피를리파트 공주가 날 때부터 공주라고 해도 아름다움과 선량함, 미덕에 있어 이 슈탈바움 양과 비교할 수 있을까요? 아니요, 나는 한사코 아니라고 말할 겁니다!" 귀부인들 역시 한목소리로 외쳤다. "그럼요, 그렇고말고요!" 그러고 난 뒤 귀부인들은 마리의 목을 끌어안고 흐느껴 울며 소리쳤다. "오, 더없이 훌륭한 슈탈바움 양, 당신이 사랑하는 우리 동생, 왕자의 생명을 구한 고귀한 은인이로군요!" 귀부인들이 마리와 호두까기 인형을 호위하여 성안의 연회장으로 들어갔다. 연회장은 네 벽 모두 오색 찬연하게 빛나는 수정이 빠짐없이 박혀 있었다. 하지만 그 어떤 것보다 마리의 마음에 쏙 든 것은 연회장 둘레에 세워 놓은 사랑스럽기 그지없는 작은 책상들과 의자들, 여러 개의 작은 서랍장과 책꽂이를 겸한 책장들이었다. 모두 히말라야 삼나무 원목과 브라질 다목으로 만든 것들로 그 위에 순금 꽃 장식을 뿌려 마름한 것들이었다. 공주들은 마리와 호두까기 인형에게 무조건 앉아 있으라고 권한 다음, 직접 나서서 금방 식사를 준비하겠다고 말했다. 공주들은 여러 개의 작은 냄비와 매우 고급스러운 일본제 자기 그릇, 숟가락, 칼, 포크, 강판, 찜 냄비 그리고 금과 은으로 된 조리 기구들을 한 아름 내왔다. 그런 다음에는 지금껏 마리가 한 번도 본 적이 없는 너무나도 아름다운 과일들과 온갖 과자를 가져왔다. 이제 공주들은 눈처럼 흰 자그마한 손으로 정성껏 과일을 눌러 짜고, 양념을 빻고, 설탕에 절인 아몬드를 갈기 시작했다. 얼마나 일을 잘하는지, 마리는 그 모습을 보는 것만으로도 공주들이 부엌일에 관해 잘 알고 있고, 그러므로 아주 맛있는 식사가 나오리라 짐작할 수 있었다. 마리는 자기도 공주들과 똑같이 이 일을 잘할 수 있을 것 같은 기분이 강하게 들었고, 내심 공주들과 함께 일할 수 있으면 좋겠다는 바람이 생겼다. 마리의 속마음을 알아차리기라도 한 듯, 호두까기 인형의 누나들 중 가장 예쁜 누나가 금으로 된 작은 절구를 마리에게 내밀며 말했다. “오, 귀여운 친구, 우리 동생의 생명을 구한 귀한 아가씨, 이 얼음사탕을 조금만 빻아 주세요!” 마리가 얼마나 기분 좋게 절구질을 했는지, 절구 소리가 예쁘고 짧은 한 편의 노래처럼 아주 우아하고 사랑스럽게 울려 퍼졌다. 그러자 호두까기 인형이 자신의 군대와 생쥐 대왕의 군대 사이에 벌어진 끔찍했던 전투에 관해 아주 세세하게 이야기하기 시작했다.

자기 군사들의 비겁함 때문에 패배했던 이야기, 그 뒤 추악한 생쥐 대왕이 자기를 완전히 물어뜯어 죽이려 했던 이야기, 그로 인해 마리가 마리의 휘하에 두었던 호두까기 인형의 부하 여러 명을 희생시킬 수밖에 없었던 이야기 등등. 호두까기 인형의 이야기를 듣고 있는데, 마리는 호두까기 인형의 말소리가, 아니 자기가 찧고 있는 절구 소리마저도 멀리서 들리는 것처럼 점점 희미해지는 것 같은 기분이 들었다. 곧이어 마리는 뭉게뭉게 피어오르는 엷은 안개구름처럼 얇은 은빛 망사 같은 것이 떠오르는 것을 보았다. 그리고 공주들, 시동들과 호두까기 인형, 맞다, 마리 자신까지도 그 속에서 빙글빙글 떠다니는 것이 보였다. 진기한 노랫소리와 웅성대는 소리, 읊조리는 소리가 귓전으로 달려왔다가 연기처럼 멀리 사라져 갔다. 이제 마리는 온몸이 물결을 타고 올라가듯 높이, 점점 더 높이 떠오르는 것 같았다. 높이—높이. 두둥실— 둥실.

결말

터, 털썩! 마리는 높이를 가늠할 수 없을 만큼 높은 곳에서 뚝 떨어졌다. **그건** 정말로 엄청난 추락이었다! 그러나 바로 그 순간, 마리 역시 두 눈을 번쩍 떴다. 마리는 자기의 작은 침대에 누워 있었다. 날이 대낮같이 환했다. "어떻게 이렇게 오래 잘 수가 있니? 아침 준비한 지 한참 되었다!" 어머니가 마리 앞에 서서 이렇게 말했다. 지금 함께 모여 이 이야기를 듣고 있는 존경해마지 않는 나의 청중들이여. 아마도 너희들은 눈치챘을 거다. 마리가 자기가 보았던 온갖 신기한 것들에 정신이 쏙 빠져 있다가 마지막으로 아몬드 설탕 과자 성의 연회장에서 잠이 들었고, 흑인 꼬마들 혹은 시동들, 아니면 공주님들이 직접 마리를 집으로 데려와 침대에 눕혀 주었다는 것을. "아, 어머니, 사랑하는 어머니, 젊은 드로셀마이어 씨가 간밤에 저를 이곳저곳 안 가 본 곳 없이 모두 데리고 다녔어요. 정말이지 온갖 아름다운 것들을 다 보았다니까요!" 마리는 방금 내가 너희들에게 들려준 이야기와 거의 똑같이 어머니에게 이야기했고, 어머니는 아주 신기해 하며 마리를 바라보았다. 그러고는 마리가 이야기를 끝내자 이렇게 말했다. "얘야, 아주 아름답고도 긴 꿈을 꾸었나 보구나. 하지만 이제 그런 것들은 모두 다 떨쳐 버리렴." 마리는 자기가 꿈을 꾼 것이 아니라 전부 다 진짜로 보았다고 고집스럽게 주장했다. 그러자 어머니는 마리를 장식장으로 데리고 가, 여느 때와 다를 바 없이 세 번째 칸에 서 있는 호두까기 인형을 꺼냈다. "철딱서니 없기는. 어떻게 너는 이 뉘른베르크산 나무 인형이 살아서 움직일 수 있다고 믿을 수 있니?" "하지만 어머니." 마리가 어머니의 말을 끊고 끼어들었다. "난 그 작은 호두까기 인형이 뉘른베르크에서 온 젊은 드로셀마이어 씨, 그러니까 드로셀마이어 대부님의 조카라는 걸 잘 알고 있어요." 그러자 의사와 의사 부인 두 사람 모두 큰 소리로 웃음을 터뜨렸다. "아휴!" 마리는 거의 울상이 되어 계속 말을 이었다. "사랑하는 아버지, 이제는 아버지마저 내 호두까기 인형을 놀리시는 거예요? 그래도 호두까기 인형은 아버지를 아주 좋게 말했는데요. 우리가 아몬드 설탕 과자 성에 도착했을 때, 호두까기 인형이 누나인 공주님들에게 아빠를 소개하면서 아빠가 아주 존경할 만한 의사라고 말했단 말이에요!" 아까보다 웃음소리가 더 커졌다. 이제는 루이제와 프리츠까지 합세해서 웃었다. 그러자 마리는 다른 방으로 달려가 자기가 가지고 있는 조그만 상자에서 생쥐 대왕이 쓰던 왕관 일곱 개를 재빨리 꺼내어 가져왔다. 그러고는 어머니에게 건네며 이렇게 말하였다. "어머니, 보세요. 이게 바로 생쥐 대왕이 썼던 일곱 개의 왕관이에요. 어젯밤에 젊은 드로셀마이어 씨가 나한테 승리의 표시로 준 거 말이에요." 마리의 어머니는 엄청나게 놀라며 작은 왕관들을 살펴보았다. 왕관들인지는 전혀 알 수 없었지만 무척 반짝이는 금속으로 만들어졌는데, 얼마나 깔끔하게 가공했는지 사람이 만들었다고 보기에는 너무나 완벽했다. 마리의 아빠도 아무리 봐도 질리지 않는지 작은 왕관들을 보고 또 보았다. 그런 다음 아버지와 어머니는 아주 진지하게 왕관들이 어디서 났는지 사실대로 말하라며 마리를 몰아세웠다. 그러나 마리는 조금 전에 했던 말을 고집할 수밖에 없었다. 그러자 아버지는 마리를 심하게 나무랐고, 심지어 꼬마 거짓말쟁이라며 꾸짖었다. 마리는 아버지의 말에 큰 소리로 울음을 터트리며 이렇게 한탄했다. "아, 나는 불쌍한 아이야. 나는 불쌍한 아이라고! 이제 무슨 말을 해야 하지?" 바로 그 순간 문이 열렸다. 고등 법원 판사가 방으로 들어오며 외쳤다. "무슨 일입니까. 무슨 일이에요? 내 대녀가 눈물을 흘리며 훌쩍이고 있네요?" 마리의 아버지는 대부에게 자초지종을 알려 주며 일곱 개의 작은 왕관들을 보여 주었다. 그런데 이 왕관을 보자 드로셀마이어 대부는 곧바로 웃음을 터트렸다. 그러고는 이렇게 말하는 것이었다. "말도 안돼요. 말도 안 돼! 이건 내가 몇 년 전, 내 시계 줄에 매달고 다니던 왕관들입니다! 마리가 두 살이 되었을 때 내가 생일 선물로 준 거잖아요. 벌써 그걸 다 잊었단 말입니까?" 의사도, 의사 부인도 그런 일은 전혀 기억나지 않았다. 하지만 마리는 부모님의 얼굴이 다시 상냥하게 돌아온 걸 알아차리자 드로셀마이어 대부에게로 달려들며 큰 소리로 말했다. "아, 드로셀마이어 대부님, 대부님은 다 알고 계시잖아요. 대부님이 직접 말씀 좀 해 주세요. 제 호두까기 인형이 대부님의 조카라고요. 뉘른베르크가 고향인 드로셀마이어 청년이라고요. 그리고 호두까기 인형이 저에게 작은 왕관들을 선물로 준 것이라고요!" 그러나 고등 법원 판사는 아주 불쾌하다는 듯 눈살을 찌푸리며 중얼거렸다. "무슨 말도 안 되는 어리석은 소리란 말이냐!" 뒤이어 마리의 아버지는 마리를 데리고 와 자신 앞에 세우고 아주 심각하게 말했다. "마리야, 잘 들어라. 이제 이야기를 지어내고 장난치는 건 그만해라. 그리고 앞으로 한 번만 더 그 멍청하고 볼품없게 생긴 호두까기 인형이 판사님의 조카라는 말을 입 밖에 냈다간, 이 아버지가 호두까기 인형뿐만 아니라 나머지 네 인형들을 전부 다, 클레르헨 아가씨라고 해도 가리지 않고 전부 창밖으로 던져 버릴 줄 알아라." 당연히 그때부터 마리는 호두까기 인형에 관한 이야기는 할 수 없었다. 마음속이 온통 호두까기 인형 이야기로 가득 차 있었는데도 말이다. 마리가 겪은 그런 아름답고 멋진 일을 겪는다면 당연히 그럴 수밖에 없다는 건 너희들 역시 짐작하고도 남을 것이다. 이 이야기를 읽거나 듣고 있는 프리츠야, 너의 전우인 프리츠 슈탈바움마저 이제 자기 누이동생이 그토록 행복하게 지냈던 신비한 나라에 관해 얘기하려고 할 때마다 바로 등을 돌려 버린다는구나. 심지어 이를 악물고 "멍청한 계집애!"라고 중얼거릴 때도 많다고 하지. 하지만 나는 프리츠가 평소에 보여 주었던 착한 성정 때문에 이 말은 믿지 못할 것 같다. 다만 프리츠가 이제는 마리가 들려주었던 이야기들을 하나도 믿지 않는다는 것만큼은 확실한 것 같다. 프리츠가 공식적인 열병식을 가지고, 자기 경기병들이 겪은 부당한 처우에 대해 정중하게 사과했기 때문이다. 또 사과와 동시에 프리츠는 경기병들이 잃었던 군기를 대신해 어린 거위에게서 빼낸 훨씬 더 길고 훨씬 더 아름다운 깃털 장식을 붙여 주었고, 경기병 근위대의 행진곡도 다시 연주하게 허락해 주었다. 세상에 어떻게 이런 일이 있을까! 자기들이 입은 빨간 상의가 더러운 총알에 맞아 얼룩이 생겼을 때, 경기병들이 보여 준 용기라는 게 어떤 건지 누구보다도 우리가 잘 알고 있는데 말이다.

마리는 이제 자기가 겪었던 모험에 대해 더는 이야기할 수가 없었다. 하지만 저 신기한 인형 왕국의 모습들이 물 흐르듯 졸졸 좀 달콤하게 흘러가고, 귀엽고 사랑스럽게 딸랑거리며 어른어른 마리의 주위를 맴돌았다. 마리는 생각이 오롯이 거기에만 꽂혀 있었기 때문에 그 모든 것들을 눈에 선하게 다시 볼 수 있었다. 그리하여 결국 마리는 다른 때처럼 나가서 놀지도 않고, 대신에 꼼짝 않고 말없이 앉아 깊은 생각에 잠겨 지내게 되었다. 그래서 꼬마 몽상가라는 책망도 받았다. 한번은 고등 법원 판사가 마리네 집의 시계를 고치러 간 적이 있었다. 마리는 장식장 앞에 앉아서 꿈속에 푹 잠긴 채 호두까기 인형을 바라보고 있었다. 그러던 중에 마리의 입에서 자기도 모르게 이런 말이 불쑥 튀어나왔다. "아, 친애하는 드로셀마이어 씨, 나는요, 당신이 정말로 살아 있다면 피를리파트 공주처럼 그렇게 행동하지도, 당신의 청혼을 거절하지도 않을 거예요. 당신은 나를 위해서 젊고 잘생긴 남자의 모습을 포기해야 했으니까요!" 그 순간 고등 법원 판사가 큰 소리로 말했다. "이런 이런, 거 말도 안 되는 허튼소리." 그런데 바로 이 순간 쿠당탕 하고 뭔가 부딪치는 소리가 났고, 마리는 기절해 의자에서 떨어지고 말았다. 다시 깨어나 보니 어머니가 마리를 위해 분주하게 움직이며 이렇게 말했다. "아니, 어떻게 다 큰 애가 의자에서 떨어질 수가 있어! 고등 법원 판사님의 조카가 뉘른베르크에서 도착해 지금 이곳에 와 있단다. 얌전히 있어라!" 마리가 눈을 들어보니 고등 법원 판사가 다시 유리 섬유로 된 가발을 쓰고 노란 상의를 입은 모습으로 아주 흡족한 미소를 짓고 있었다. 판사는 키가 약간 작은 편이지만 아주 늠름하게 자란 한 청년의 손을 붙잡고 서 있었다. 청년의 얼굴은 살결이 우유처럼 희고 볼에서는 혈색이 감돌았다. 또한 금장식을 한 멋진 붉은색 상의에 하얀 비단 스타킹과 단화를 신고 있었고, 가슴 부분의 주름 장식에는 아주 귀여운 꽃다발이 꽂혀 있었다. 머리는 우아하게 빗질하여 분을 발랐고, 또 등 뒤에는 근사하게 땋은 가체가 드리워져 있었다. 옆구리에 찬 작은 칼은 순수하게 보석만 박아 만든 듯 번쩍였고, 겨드랑이에는 비단 조각으로 짠 작은 모자를 끼고 있었다. 그리고 곧 행실까지 아주 호감을 살 만한 청년이라는 것 또한 입증되었다. 청년이 마리를 위해 멋진 선물을 한 아름 챙겨 왔던 것이다. 그중에는 무엇보다 생쥐 대왕이 물어뜯었던 사탕 과자 인형들과 똑같은 인형들에다 세상에서 가장 예쁜 아몬드 설탕 과자까지 들어 있었다. 그리고 프리츠를 위해서도 길게 휘어진 너무나도 아름다운 외날 검을 선물로 챙겨 온 것이었다. 식탁에 앉자 이 점잖은 청년은 식탁에 모여 앉은 사람들 모두에게 직접 호두를 까 주었다. 제아무리 단단하고 도무지 깨질 것 같지 않은 호두도 청년 앞에서는 맥을 못 썼다. 청년이 오른손으로 호두를 집어 입에 넣고 왼손으로 가체를 잡아당기면 따닥 하고 호두 껍데기가 부서지는 것이었다! 이 점잖은 젊은이를 바라보다 보니, 마리는 얼굴이 빨갛게 달아올랐다. 그리고 식사 후 드로셀마이어 청년이 같이 가서 유리 장식장을 좀 봐도 되겠냐고 물었을 때는 가뜩이나 달아올랐던 얼굴이 더더욱 빨갛게 달아오르고 말았다. “얘들아, 얌전하게 놀아라. 이제 내 시계들도 모두 잘 돌아가고 있으니, 나야 너희들이 노는 걸 반대할 일이 없지.” 고등 법원 판사가 말했다. 마리와 단둘이 있게 되자 드로셀마이어 청년이 곧바로 한쪽 무릎을 꿇고 이렇게 말했다. “오, 고매하신 나의 슈탈바움 양이여, 보십시오. 여기 당신의 발아래 행복에 겨운 드로셀마이어가 있습니다. 이 자리에서 당신이 나의 목숨을 구하셨지요! 당신은 당신 때문에 내가 흉측하게 변한다 해도 못된 피를리파트 공주처럼 내 청혼을 거절하지 않겠노라고 선하게 말씀하셨지요! 그 말을 듣고 저는 가치 없는 호두까기에서 벗어나 예전의, 보기 좋은 모습을 다시 찾게 되었답니다. 오 훌륭한 아가씨! 저의 청혼을 받아 주신다면 저는 더할 나위 없이 행복할 것입니다. 인형의 나라에 오셔서 왕비가 되어 주십시오. 저와 함께 아몬드 설탕 과자 성을 다스립시다. 지금은 제가 그곳의 왕이랍니다!” 마리는 청년을 일으켜 세우고는 나직이 말했다. “친애하는 드로셀마이어 씨 당신은 온유한 성품을 지닌 선량하신 분이랍니다. 게다가 아주 예쁘고 쾌활한 사람들이 함께하는 우아한 나라도 다스리시니 당신을 신랑으로 맞이하겠습니다!” 이리하여 마리는 그 즉시 드로셀마이어의 신부가 되었다. 사람들이 말하길, 그로부터 일 년이 지난 후 드로셀마이어 청년은 은빛 말들이 끄는 황금 마차에 마리를 싣고 갔다고 한다. 결혼식에서는 진주와 다이아몬드로 치장한 화려하기 그지없는 2만 2천 명의 인물들이 춤을 추었으며, 마리는 지금도 왕비로 살아가고 있다고 한다. 반짝반짝 빛나는 크리스마스트리가 숲을 이루고 속이 들여다보이는 투명한 설탕과자 성들이 있는 곳, 요컨대 볼 수 있는 눈만 있다면 세상에서 가장 멋지고 신비로운 것들을 볼 수 있는 그런 나라의 왕비로 말이다.

이것이 바로 호두까기 인형과 생쥐 대왕에 관한 동화이다.

호두까기 인형과 생쥐 대왕 –환상과 현실 사이에서 나부끼다

『호두까기 인형과 생쥐 대왕』을 원서로 접하기 전까지 내가 접한『호두까기 인형』은 어린 시절에 읽었던 동화에서 크게 벗어나지 못했다. 이 동화들은 어린이를 위해 각색된 작품들이 대부분이었는데, 일단 그 제목에서부터 '생쥐 대왕'이 존재감을 발휘하지 못한 채 잘려 나간 것이 보통이었다. 원서 제목은 호두까기 인형과 생쥐 대왕을 동격으로 다루고 있는데 말이다! 줄거리 역시 호두까기 인형이 생쥐 대왕을 물리치는 데서 끝나고, 인형의 나라에서 보내는 황홀한 시간은 온데간데없이 잠시 후 마리 덕분에 마법에서 풀려난 호두까기 인형이 마리와 결혼하여 행복하게 오래오래 살았다는 이야기가 생각난 듯 추가로 언급되어 있었던 것 같다. 물론, 세월이 내 기억에 비질을 하여 기억이 군데군데 패여 나갔을 수 있으니, 다양한 버전의『호두까기 인형』이 모두 그렇게 구성되었다고 고집할 수는 없을 것이다. 또한 크리스마스 시즌만 되면 전봇대든 학교 게시판이든 어김없이 내걸리던 〈호두까기 인형〉의 각종 공연 포스터는 무지한 초등학생의 마음에 한동안 '호두까기 인형 = 발레 작품'이라는 공식을 심어 놓기도 했었다. 그러나 이마저도 대학원 재학 시절 딱 한 번, 발레 공연으로 만난 〈호두까기 인형〉을 끝으로 호두까기 인형은 망각 지대에 방치되어 있었다.

그런데 번역을 계기로 다시 만난 『호두까기 인형』에서 나의 기억 한편에 까무룩 잠들어 있던 드로셀마이어 대부님과 마리의 부모님, 생쥐 부인, 생쥐 대왕 모두가 부활하는 기적이 일어났다. 그뿐 아니라, 마리와 호두까기 인형 옆에 서서 황홀하기 그지없는 아름다운 인형 왕국도 새삼스레 구경할 수 있었다. '구경 한번 잘했네.'라는 마음 곁으로 마리처럼 잔망스럽고, 아름답고, 활기 넘치는 인형의 나라에서 상큼한 향기로 생기를 더해 주는 오렌지 강가에 앉아 달달한 과자와 레모네이드를 홀짝이며 마냥 망중한을 즐기고 싶은 생각도 들었다.

어리지도 젊지도 않은 나이에 다시 만나 새삼 그 내용과 표현을 음미하며 읽다 보니, 이 독일 낭만주의 사조의 멋진 작품이 현재 인기를 구가하는 그 어떤 할리우드 스타일의 판타지 영화나 소설도 따라올 수 없는 신선함과 깊이, 기발함과 시사성, 풍자적 성향을 풍성하게 드러내고 있음에 탄성을 지를 수밖에 없었다. 현실과 상상의 경계를 넘나들며, 그 모든 것을 하나의 세계 안으로 끌어들이려는 마리의 모습에서 문득 장자(莊子)의 호접몽(胡蝶夢)을, 또 불현듯 불교의 '불이(不二)' 사상의 편린을 보았다면, 이 작품으로부터 너무 멀리 나아간 것일까.

*

『호두까기 인형과 생쥐 대왕(Nußknacker und Mausekönig)』(이하 '호두까기 인형'으로 명명)은 1816년에 K. W. 콘테싸, F. 드 라 모테 푸케, E. T. A. 호프만의 작품이 실린 『어린이-동화(Kinder-Märchen)』 제1권을 통해 최초로 발간되었다. 그리고 3년 후인 1819년, 호프만의 단독 작품집인 『세라피온의 형제들(Die Serapionsbruder)』(1819/1821) 제1권에 다시 수록된 동화소설(소설 형식의 창작 동화)이다.

『호두까기 인형』(이 책에서는 작품의 수용사를 고려해 기존 번역서들의 제목을 따랐다.)을 쓴 E. T. A. 호프만은 1776년 1월 24일 프로이센의 쾨니히스베르크(현재 러시아의 칼리닌그라드)에서 고등 재판소 변호사이던 크리스토프 루트비히 호프만과 그의 사촌이자 아내인 루이제 알베르티네 되르퍼 슬하의 3남 중 막내로 태어났다. 호프만이 2세 때 부모가 이혼하게 되면서 아버지에게 남게 된 형과 달리, 호프만은 어머니의 손에 이끌려 외가에서 자라게 된다. 호프만의 어머니는 그가 스무 살 되던 해인 1796년에 세상을 떠났다.

호프만의 본명은 에른스트 테오도어 빌헬름 호프만(Ernst Theodor Willhelm Hoffmann)이다. 그러나 수많은 오페라 곡과 교향곡을 작곡하는 등 음악에 대해 남다른 애착을 보이던 그는 평소 선망하던 천재 음악가 모차르트(Wolfgang Amadeus Mozart)의 이름을 따 훗날 스스로 에른스트 테오도어 아마데우스 호프만(Ernst Theodor Amadeus Hoffmann)으로 개명했다. 호프만은 어렸을 때부터 그림과 음악에 다재다능함을 보였다. 특히 그는 자신이 작곡가로서의 소명을 타고난 것 같다고 느꼈으나 집안의 가풍에 따라 열여섯 살이던 1792년, 쾨니히스베르크 알베르투스 대학에서 법학을 공부하였다. 그 후 법관 시보 및 법관으로서 우수한 업무 실적을 거두며 공직 생활을 이어 갔다. 공직에 머무르던 기간 동안 베를린을 비롯해 옛 폴란드 지역이었던 소도시 포젠, 플로크, 그리고 프로이센 치하에 있던 바르샤

바 등지에서 두루 일했는데, 이중 바르샤바에서는 후에 『호두까기 인형』의 집필과 인연이 닿은 히치히(Eduard Hitzig)를 만났고, 포젠에서는 훗날 그의 아내가 되는 폴란드 여인 '미샤(Maria Thekla Michalina Rorer-Trzcńska)'를 만났다. 그리고 1802년, 이종사촌 민나 되르퍼(Minna Doerffer)와의 약혼을 파기하고 미샤와 결혼한다.

이런저런 정치·사회적 변동은 개인의 삶에 종횡무진 족적을 남기기 마련이다. 호프만 역시 크고 작은 사건 사고에 휘말리지만, 무엇보다 러시아와 동맹을 맺은 프로이센이 프랑스와 전쟁을 치르던 중 1806년 11월 28일 급기야 프랑스군이 바르샤바로 진군함에 따라 그의 삶은 새로운 국면을 맞게 된다. 프랑스 당국이 바르샤바에 있던 프로이센 공무원들에게 나폴레옹에게 순응하든가 아니면 일주일 내에 도시를 떠나라고 명한 것이었다.

졸지에 실직자 신세가 되어 도시를 떠난 호프만은 베를린으로 향한다. 이제 공직이 아닌 예술가로서 새 인생을 시작하고자 한 호프만에게 베를린은 그 어떤 기회도 선사하지 않았다. 결국 그는 무수한 지원 끝에 1808년, 밤베르크 극장의 악장(樂長)직을 얻게 되었으나, 그해 9월 엉망으로 끝난 데뷔 음악회로 인해 두 달 뒤 악장직에서 물러나고 만다. 그러나 이 시기에 운명처럼 그는 라이프치히의 음악 신문 발행인으로부터 음악 비평을 써 달라는 제안을 받는다. 이후 음악 비평가로서의 존재감을 드러내게 되었고, 이듬해인 1809년 33세의 나이에 소설 『기사 글루크(Ritter Gluck)』를 출간한다. 몇 년간 요제프 제콘다 오페라단(드레스덴/라이프치히)의 음악 감독으로 활동하였지만, 이 역시 오래가지 못했다. 그 시기에 프로이센이 나폴레옹에게 승리함으로써 호프만은 1814년 베를린에서 공직에 복귀하게 된다. 정기적인 급료가 아니라 사례비로 연명해야 하는 상황에서 『칼로풍의 환상작품집(Fantasiestücke in Callots Manier)』(1814/1815)이 발간되었고, 작품집에 실린 「황금 단지(Der goldne Topf)」(1814/1819)가 성공을 거두었으며, 문고판 혹은 탁상 달력용 소설 부분에서 찾는 이가 많아지면서 그는 법률가가 아닌 글쓰기 활동으로 재정적인 필요를 잘 해결할 수 있었다. 또한 이 시기에 그는 낭만주의의 대표적인 작가인 콘테싸(Karl Wilhelm Contessa), 푸케(Friedrich de la Motte Fouque), 클레멘스 브렌타노(Clemens Brentano), 샤미소(Adelbert von Chamisso) 등 많은 문인들과 교제를 나눔으로써 문학적 시야를 더욱 넓히게 된다. 그리고 40세가 되던 1816년, 마침내 고등 법원 판사로 임명되어 정기적인 급료를 받으며 안정된 생활을 영위하게 된다. 이런 상황 속에서도 그는 낮에는 판사로, 밤이나 주말에는 그림이나 작곡이나 글쓰기에 전념하였다.

1819년에서 1822년 사이 호프만은 『세라피온의 형제들』, 『수고양이 무어의 인생관(Lebensansichten des Katers Murr)』(1819/1821), 『클라인 차헤스, 치노버(Klein Zaches, genannt Zinnober)』(1819) 등으로 문학적 성공을 거둔다. 그러나 나폴레옹의 패전으로 유럽 전역에 구체제의 부활 현상이 벌어졌고, 이에 반기를 들고 항거하는 대학생들의 시위가 잇따르자 독일 연방과 프로이센 정부는 사회 체제에 위협을 가한다고 판단되는 모든 행동 및 해당 인물을 선동주의자로 낙인찍어 무차별적으로 투옥시킨다. 호프만은 이 일을 담당하는 '즉결 심판 위원회(Die Immediatkommission)'의 위원으로 위촉되었으나, 국가에서 선동가로 지목한 무고한 지도자나 학생들을 정당한 판결로 대부분 자유롭게 풀어 주어 경찰국장의 눈 밖에 나게 된다. 호프만은 여기에 그치지 않고 자신의 작품 『벼룩 대장』을 통해 경찰국장을 패러디하기에 이르러, 결국 작품 검열을 받게 된 것은 물론이고 1822년, 프로이센 내무장관이 직무 태만과 공무원 규율 위반을 물어 호프만을 고발함으로써 법의 심판대 앞에 설 위기에 처한다. 그러나 초등학교 때부터 그의 후원자요 절친한 친구였던 히펠(Theodor Gottlieb von Hippel)의 도움으로 사건 증명을 위한 심문은 지연되었고, 같은 해 6월 25일 그는 신경계 마비에 이어 호흡 곤란으로 세상을 등질 때까지 법적 문제에 시달리면서도 구술로 작품을 받아쓰게 하며 창작열을 불태웠다. 평생 음악을 사랑하고 악장으로도 활약한 호프만은 소설뿐 아니라 수많은 기악곡 및 성악곡, 오페라 등을 작곡하였으며, 그의 대표작으로는 『황금 단지』(1814), 『악마의 묘약(Die Elixiere des Teufels)』(1816), 『모래 인간(Der Sandmann)』(1817), 『클라인 차헤스, 치노버』(1819), 『브람빌라 공주(Prinzessin Brambilla)』(1820), 『수고양이 무어의 인생관』(1821)과 사후에 알렉상드르 뒤마가 각색한 작품을 토대로 차이코프스키가 발레곡을 작곡해 세계적으로 유명해진 『호두까기 인형과 생쥐 대왕』(1816/1819) 등이 있다.

호프만은 당대에는 물론이고 사후에도 독일 이외의 곳에서 문학적으로 더 높은 평가를 받았고, 또 영향을 끼쳤는데, 『크라이슬레리아나(Kreisleriana)』(1814/1815)와 『기사 글루크』와 같은 음악 소설과 음악 비평은 슈만과 바그너 등에게 영향을 미쳤고, 인간 내면의 어두운 면을 파헤치며 기이하고 환상적인 세계와 현실을 오가는 그의 문학 세계는 하이네, 샤미소, 발자크, 조루즈 상드, 고티에, 빅토르 위고, 보들레르, 모파상, 푸시킨, 도스토예프스키, 에드거 앨런 포 등에게 영향을 끼쳤다. 자크 오펜바흐의 오페라 〈호프만 이야기(Le Contes d'Hoffmann)〉(1851)도 호프만의 작품에 나오는 주인공들의 운명을 소재로 한 것으로 호프만에 대한 인기를 가늠해 볼 수 있다.

호프만이 왕성하게 활동하던 18세기 후반에서 19세기 전반은 독일 문예 사조에 있어 낭만주의가 주도하던 시기였다. 낭만주의는 이전에 문예 사조의 흐름을 끌던 고전주의에 반하여 대두되었는데 17~18세기, 프랑스·영국·독일에서 활발하게 펼쳐진 고전주의는 균형과 조화를 이상적인 아름다움으로 표방하고, 자연 속에 보편성과 불변성이 내재되어 있다고 보고 자연의 모방을 강조하였다. 그리고 이성과 판단, 규칙과 질서를 미덕으로 삼아 상식에 비추어 수긍할 수 있는 것이 합리적이고 그 합리적인 것이 문학의 진실이요, 참다운 것이라고 보아 문학이 다뤄야 하는 주제는 모든 사람이 공통적으로 관심을 가질 수 있는 '보편적인 주제'여야 한다고 주장했다. 그러나 1789년 프랑스 대혁명 이후 야기된 혼란을 겪으며, 지식인들은 꽉 짜인 조화와 이성 중심의 질서도 인간의 심성이라는 변수 앞에 영원치 않다는 것을 인식하게 된다. 이런 당혹스러운 사태에 직면한 그들은 외부의 질서가 아닌 내부의 자아로 눈길을 돌린다. 진실은 내면에 있다는 주장 아래, 1798년 독일의 예나에서는 슐레겔 형제(A.W. von Schlegel, F.von Schlegel)가 잡지 〈아테네움(Athenäum)〉을 창간해 독일 낭만주의의 시작을 알렸다.

이후 사조의 주류가 된 낭만주의 문학의 특징은 현세를 불완전한 실체로 보고, 먼 곳을 동경(고전주의가 고대를 모범으로 삼은 것에 반해 주로 중세를 동경)하는 경향을 보였다. 또한 주관적 감성을 중시하였고, 무엇보다 고전주의와 달리 이성이 아닌 상상력을 창조의 원동력으로 삼았다. 더불어 고전주의에서 그 자체로 완벽하고 기계적인 법칙이 작용하는 모범적 객체로서 모방의 대상이었던 자연이 낭만주의에서는 인간과 교제할 수 있는 살아 숨 쉬는 자연으로서의 성격을 갖게 된다. 고전주의에서는 자연과 이성이 공존하는 형국이었다면, 낭만주의에서는 이제 자연과 감성이 서로 공존하게 된 것이다. 이 공존의 끈은 낭만주의에서 창조적 원천으로 보았던 상상력이라고 볼 수 있다. 상상력이야말로 자연과 인간을 연결시켜 주는 힘으로 정신과 물질이라는 이원적인 것을 조화시키는 능력을 지니고 있으니까 말이다. 게다가 산업 혁명의 여파로 기계(자동 기계) 기술이나 광학 분야(망원경이나 현미경 등)가 발달하고 관련 제품들이 많은 반향을 불러일으키면서 마이크로 세계까지 엿볼 수 있게 된 인간은 그 인식과 활동, 사고의 가능성이 무한대로 열리면서 상상력에 날개를 달 수 있었다.

독일 낭만주의 사조에서 중요한 위치를 차지하는 호프만 역시 당대에 유행하던 기술, 광학, 신비학, 정신 병리학, 의학적 지식과 아울러 법률가로서의 예리한 판단력을 바탕으로 발군의 상상력을 발휘하여 공상과 마법과 기괴한 것이 자주 등장하고, 정신과 물질, 환상과 현실 사이를 자유자재로 넘나드는 작품을 창작하였다.

『호두까기 인형』에도 이런 낭만주의적 특징이 곳곳에 반영되어 있다. 이 작품은 앞서 언급한 바와 같이 1816년에 초판 발행되었다가 1819년, 호프만의 작품집에 편입 수록된 작품이다. 호프만은 친하게 지내는 친구 히치히(Hitzig)의 세 아이들, 클라라와 프리드리히, 장녀 오이게니를 위해 이 작품을 집필하였고, 특히 작중 인물인 마리와 프리츠 그리고 루이제에게 히치히의 세 자녀를 판박이처럼 반영하였다고 한다.

신과학 문물에 열광하던 시대 풍조의 반영

호프만은 16세기 파라첼수스로부터 이어지는 자연 철학,

17세기 초 생성된 세포학, 18세기에 인기를 끌며 퍼진 박물학을 비롯해 당대의 최신 의학과 해부학, 생리학에 이르기까지 해박한 지식을 가지고 있었다. 그는 기술의 발전에도 열광하여 24세 때는 유령을 불러내는 환등 실험을 해 보이기도 했으며, 훗날 자동인형을 직접 제작할 계획을 세우기도 했다고 한다. 이는 작품 속에 등장하는 드로셀마이어 대부의 모습과 상당 부분 오버랩된다. 드로셀마이어 대부 역시 호프만처럼 판사로 일하면서 기계를 비롯하여 천문학, 비술(秘術)에까지 두루 해박한 지식을 자랑하는 한편, 손수 자동인형을 제작하고자 했던 호프만처럼 직접 시계를 제조하거나 여러 개의 인형들이 질서 정연하게 자동으로 움직이는 기계 작품을 내놓기도 한다.

한편 피를리파트 공주를 마법에서 구해 줄 청년을 찾기 위해 밤낮으로 끈질기게 별을 연구하는 궁정 천문학자에게서는 진지하고 끈질긴 과학자의 모습이 반영되어 있음을, 그리고 거시적인 천체의 세계를 망원경이라는 광학 기구를 통해 우리가 발을 디디고 있는 이 좁은 세계로 끌어와 지상의 숙제를 푸는 데 사용하는 모습에서는 두 세계 간의 경계와 간극이 사라지고 잡히지 않는 세계와 잡히는 세계 사이의 소통을 볼 수 있다. 또한 현미경을 통해 벼룩처럼 작은 생물을 보여줌으로써 서민들 사이에서 현미경이 거의 마술 기구처럼 여겨지던 당시 시대상을 읽을 수 있는 부분도 있는데, 인형 왕국의 소인들이 그러하다. 작디작은 소인들은 자세히 보면 엄청나게 치장을 하고 유쾌하게 움직이며 그들만의 생활을 즐겁게 영위한다. 이런 소인들에 대한 묘사 역시 현미경을 통해 마이크로 코스모스의 세계를 경험한 것이 간접적으로 드러난 부분이라고 볼 수 있겠다. 호프만이 당대의 신문물에 관심을 가지고 해박한 지식을 두루 갖추긴 했지만, 그 신지식들을 무비판적으로 추종한 것은 아니었다. 프리츠의 입을 통해 드로셀마이어 대부가 기계적으로 정교하게 만든 작품을 두고 지루해하며, 잘 차려입고 같은 일만 하는 작품 속 자동인형보다 마음대로 교감할 수 있는 자신의 기마병 인형이 더 좋다고 직설적으로 자동 기계를 비난한 부분과 온갖 지식과 발전된 기구를 이용하여 이끌어 낸 궁정 천문학자의 별점 예언이 예상치 않은 요소로 인해 빗나간 것에서 이러한 그의 태도가 잘 드러나 있다고 볼 수 있다. 천문학자의 수리적이고 천문학적인 탐구 결과에 따르면, 드로셀마이어의 조카는 공주와 혼인하여 왕에게 영토를 받는 영광을 누려야 한다. 그러나 마우제링크스 부인의 돌발적 출현은 이러한 예상을 뒤엎고 대부의 조카를 딱딱하고 기형적으로 생긴 호두까기 인형으로 변하게 만든, 예상치 못한 결과를 낳았다. 물론 그는 나중에 그런 상황에서도 호두까기 인형이 영화를 누리고 잘 산다고 했지만, 일단 그의 기형화는 우연적 요소를 고려하지 못한 빗나간 예언이었다. 더군다나 그것을 해결하는 수단 역시 과학적이고 기계적인 해결 방법이 아니라 마리의 순수한 사랑이라는 감성에 호소하는 것이었다. 그야말로 뛰는 기술 위에 나는 인간의 감성, 즉 감성을 중시하는 낭만주의 특징이 분명하게 드러난 부분이 아닐 수 없다.

상상과 현실의 이원적 구조와 극복

낭만주의 문학의 가장 큰 특징이요 창작의 원천은 상상력이라고 했다. 호프만은 그의 작품 곳곳에 신기하고 기이한 상상의 세계인 예술적 감성, 혹은 내면세계와 그에 반해 규율과 상식에 따라 움직여야 하는 현실 세계가 얼마나 극단화되어 있는지를 그려낸 작가이다. 동시에 그로 인해 예술가적 감성을 가진 풍부한 상상력의 소유자들이 당면하게 되는 내적 분열의 고통 역시 상상력을 통해 극복하고자 노력했을 뿐 아니라, 인간의 무의식에 내재된 파괴적이고 어두운 면을 파헤치려 한 드문 작가이기도 하다. 타의 추종을 불허하는 그의 상상력은 『호두까기 인형』

의 경우, 인형 왕국 부분에서 절정에 달한다. 약 200년 전 발간된 책이건만 이 속에는 21세기의 화려하고 웅장한 컴퓨터 그래픽으로도 감당하기 힘든 몽환적이고, 공감각적이며 방대한 규모의 환상 세계가 등장한다. 비록 지면으로는 십여 쪽 분량에 불과하지만, 지면에 들어찬 활자 하나하나에 호프만이 불어넣은 상상력이 더해지면서 어마어마한 왕국 하나가 우리 눈앞에 우뚝 선다. 이 모두가 지루할 틈 없이 이야기를 이어가는 호프만의 탁월한 재능(상상력)이 던진 파급 효과라 할 수 있다.

이에 앞서 등장하는 생쥐 대왕과 호두까기 인형의 전투 장면 역시 상상과 현실의 이원적 구조와 극복이라는 면에서 눈여겨볼 필요가 있다. 고운 심성을 지닌 마리는 그런 심성이 있기에 못생겼지만 볼수록 착하게 생긴 호두까기 인형을 좋아하게 된다. (객관적이고 합리적인 미를 추구하던 고전주의와 달리 개인의 내적 자아, 감성을 중시하는 낭만주의적 성향이 마리라는 인물에 고스란히 실려 있다고 볼 수 있는 대목이다.) 더불어 한밤중에, 합리성을 중시하는 사람에게는 꿈결이라고 주장할 수 있고, 상상력이 출중한 사람에게는 정말로 그러했으리라 믿게 만드는 인형들의 전투가 벌어진다. 그리고 이 처절한 인형들의 전투 사이에 사람이 서 있다. 상상(살아 움직이는 인형들의 전투)과 현실(사건을 객관적으로 보고 있는 마리)이 분리된 듯 아닌 듯, 한 공간 안에 뒤엉켜 있다. 이 모호한 세상에 머무르던 마리는 무의식적으로 더 이상 이 혼란스럽고 위태로운 세계에 머물러서는 안 된다는 위기의식을 느꼈던 모양이다. 마리는 신고 있던 신을 던져 호두까기 인형을 구하고, 이로써 혼란의 세계를 일단락 짓는다. 그러나 상상과 현실의 경계가 무너진 세계에 발을 들여놓았던, 아니 어쩌면 상상의 세계에 빠져 있던 사람이 현실로 돌아오는 데는 큰 고통이 수반될 수밖에 없다. 마치 마취에서 깰 때 가장 큰 고통이 느껴지는 것처럼 말이다. 마리는 멋지게 인형 군대를 진두지휘하던 호두까기 인형과 호흡을 함께했던 세계에서 나오는 통로로서 유리 장식장에 팔을 깊숙이 베이고 만다. 그리고 그 고통을 통해 경계가 모호한 상상의 세계 문턱에서 벗어났지만 그 여파는 쉬이 가시지 않는다. 며칠을 병상에 누워 지내며 자신이 보고 들은 것을 타자와 공유하려 하지만 어림없는 단절만을 경험해야 했던 것이다.

또 인형 왕국의 달콤함에 흠뻑 젖어 있다가 현실로 돌아올 때의 마리를 보자. 마리가 다시 어머니와 아버지, 언니와 오빠가 있는 현실로 돌아올 때에도 마리는 높은 곳에서 낮은 곳으로 떨어지는 것 같은 거대한 충격을 경험한다. 그런데 이번이 더 문제이다. 황홀함이 더할수록 현실과 상상의 괴리를 극복하는 것 역시 더 험난하다. 인형들의 전투를 겪은 후에는 조금이라도 자신을 이해해 주던 프리츠가 있었지만, 지고의 아름다움을 맛보고 난 후 돌아온 현실에서는 가족들의 지독한 몰이해와 불신, 때때로 환각 증세(나가 놀지 않고도 그저 생각만으로도 인형 나라의 모든 것을 냄새와 소리까지 고스란히 느끼는 대목)까지 느끼게 된다. 이런 현실과 상상의 이원 세계는 드로셀마이어 대부의 조카가 마리의 사랑에 힘입어 사람이 되어 나타나는 대목에서 상상이 아닌 현실이 된다. 그러나 그것도 잠시, 상상과 현실이 화해한 잠깐 동안 마리가 현실에서 행복을 얻는가 싶었으나 1년 후, 황금 마차, 마리와 드로셀마이어 청년의 결혼, 춤추는 소인들, 크리스마스 나라 등이 등장하면서 다시 상상의 세계가 현실과 접목된다.

*

상상과 현실의 이원성에 괴로워하던 호프만은 이 열린 결말로 상상과 현실의 공존이라는 해법을 찾은 것이었을까. 그러나 『호두까기 인형』의 결론을 앞에 두고 독자는 머리를 긁적인다.

작가가 던져 준 '인간이 만들었다기에는 너무나 정교한' 생쥐 대왕의 반짝이는 왕관은 어쩌란 말이지? 이빨이 으스러지도록 사람을 위해 단단한 호두를 깨트려 준 호두까기 인형이 드로셀마이어 대부의 품성 좋은 친조카로, 뼈와 살이 붙은 사람으로 변했는데, 백마가 끄는 마차를 타고 어디로 갔다고?

현실과 상상 사이에서 나부끼는 이야기의 결말처럼 독자의 입장에서도 생각이 양 갈래로 나뉘어 힘겨루기를 한다. 이 열린 결말을 보며 호프만이 마리처럼 상상력이 풍부한 예술가로서, 마리를 이해하지 못하는 가족들처럼 이성에 준하여 사고하는 소시민적 사고방식의 소유자들과 얼마나 부대꼈을지 짐작할 수 있다. 왜냐하면, 그의 예술가적 상상력이 '그렇다'고 해도 세상은 '그건 아니다'라고 할 때가 더 많았을 것이고, 그 소통의 부재에서 오는 외로움과 고립감으로 인해 결국, 현실과 상상의 공존 속에서 위로를 받은 것이 아닐까 싶기 때문이다. 그렇기 때문에 작가 자신을 반영하고 있다고들 평하는 드로셀마이어 대부가 마리를 생경하고 공포심이 느껴지는 동화의 세계로 이끌어 주면서도 현실 세계에서는, 특히 마리의 부모와 있을 때에는 상상의 세계를 주장하는 마리를 부인하는 것이리라. 상상과 현실의 공존은 상상이 현실에 모습을 드러내지 않을 때 더더욱 공존의 묘미를 더할 수 있으니까. 없는 듯, 그러나 은밀하게 존재하는 무한한 내면세계는 '그것을 볼 수 있는 눈이 있는 사람들에게만 보이는' '세상에서 가장 멋지고 신비로운 것들을 볼 수 있는 그런' 세상이니까.

-옮긴이 함미라

《E. T. A. 호프만 연보》

1776년 1월 24일 프로이센의 쾨니히스베르크에서 성공한 변호사이자 시인이며 아마추어 음악가였던 아버지 크리스토프 루트비히 호프만과 어머니 루이제 알베르티네 되르퍼 사이에서 막내아들로 태어남.

1778년 부모의 이혼으로 어머니와 외가에서 살게 됨.

1781년 쾨니히스베르크의 부르크슐레에 다니며 음악과 소묘, 회화 수업을 받음.

1792년 알베르투스 대학에서 법학을 공부하기 시작.

1795년 대학을 졸업하고 1차 사법 시험에 합격한 후 쾨니히스베르크에서 관직 생활을 시작함.

1796년 어머니의 사망과 연애 등 복잡한 문제들로 인해 고향을 떠나 사법관 시보(試補)로 글로가우에 전임.

1798년 가족의 강압으로 외삼촌의 딸 민나 되르퍼와 약혼.

2차 사법 시험에 합격하여 베를린으로 전임.

1800년 3차 사법 시험에 합격하여 포젠 고등 법원 시보로 임명.

1801년 오페라 〈유머, 계략 그리고 복수〉 작곡. 이 오페라는 포젠에서 공연됨.

1802년 민나 되르퍼와 파혼.

포젠 사회에서 영향력이 큰 군 사령관에 대한 캐리커처를 그려 파문이 일고, 소도시 플로크로 좌천.

포젠을 떠나기 전 마리 안나 테클라 미하엘리나 로러(미샤)와 결혼.

1803년 나폴레옹 보나파르트가 유럽을 상대로 전쟁을 일으킴.

1804년 바르샤바로 전임되어 판사로 일하기 시작함.

『호두까기 인형』과 인연이 있는 율리우스 에두아르트 히치히와 교제를 시작하면서 낭만주의 문학에 관심을 갖게 됨.

1805년 자신이 작곡한 오페레타 〈즐거운 음악가들〉 공연.

〈라단조미사〉 작곡. 〈내림 마장조 교향곡〉 공연.

1806년 나폴레옹군이 바르샤바에 입성하고, 이 여파로 호프만을 비롯한 프로이센 관료들은 관직을 잃음.

1807년 베를린에서 예술가로서의 새로운 삶을 시작하려 하지만 기회를 얻지 못하고, 친구들이나 가족들에게 돈을 빌려 생활하거나 굶주림에 시달림.

1808년 밤베르크 극장의 악장(樂長)으로 음악 활동을 시작하지만 두 달만에 물러나게 되고, 다시금 생활고에 시달림.

1809년 음악 비평가로서 〈일반 음악 신문〉 발행에 참여하며 음악 비평을 기고. 이 신문에 첫 소설 「기사 글루크」 발표.

1810년 프란츠 폰 홀바인이 밤베르크 극장 감독직을 맡게 됨. 호프만은 조감독이자 극장의 작곡가, 화가, 무대 디자이너로 일하면서 음악 교습을 병행함.

〈일반 음악 신문〉에 〈베토벤의 교향곡 5번〉에 대한 평론을 기고하며 처음으로 '낭만적'이라는 용어를 음악에 사용함으로써 당시 음악계에 큰 영향을 미침.

1811년 그에게 성악을 배우던 열다섯 살의 소녀 율리아 마르크를 사랑하게 됨.

오페라 〈아우로라〉 작곡.

1812년 홀바인이 밤베르크 극장의 감독직을 그만두면서 호프만 또한 일자리를 잃음.

1813년 드레스덴 극장 감독 요제프 제콘다의 제의를 받아 악장이 됨. 또한 〈라이프치히 음악 신문〉에 '요하네스 크라이슬러 악장'이라는 필명으로 음악 평론을 쓰면서 드레스덴과 라이프치히를 오가는 생활을 함.

오페라 〈운디네〉 작곡.

소설 『황금 단지』를 완성하고, 『악마의 묘약』 1권 집필을 시작.

1814년 나폴레옹의 패전으로 베를린 고등 법원에 복직.

친구들과 각자 쓴 작품을 발표하고 토론하는 시문학 모임인 '세라피온의 형제들'을 결성.

1815년 『칼로풍의 환상작품집』, 『악마의 묘약』 1권 출간.

1816년 베를린 고등 법원 판사로 임명되어 경제적 안정을 얻음.

『악마의 묘약』 2권, 『밤의 작품집』 1권 출간.

오페라 〈운디네〉를 초연. 연속 14회라는 공연 기록을 세우며 호평을 받음. 이 공연은 음악가로서의 마지막 활동이 됨.

1817년 『밤의 작품집』 2권 출간.

1818년 『어느 극장 감독의 기이한 고뇌』 출간.

1819년 『칼로풍의 환상작품집』(2판), 『클라인 차헤스, 치노버』, 『수고양이 무어의 인생관』 1권 출간.

프랑스 대혁명과 나폴레옹군에 대한 해방 전쟁을 겪은 시민 계층 사이에 민족주의와 자유주의 물결이 일어나자 정부는 정통주의와 복고주의를 추구하며 반체제 인사들을 탄압하고 체포·구금함. 즉결 심판 위원회의 위원으로 있던 호프만은 구금된 민중 선동가들을 정당한 판결로 석방시키며 정부와 충돌함.

1820년 『세라피온의 형제들』 3권, 『브람빌라 공주』 출간.

1821년 『세라피온의 형제들』 4권, 『수고양이 무어의 인생관』 2권 출간.

「비밀들」, 「도플갱어들」 발표.

1822년 탄압적인 정부의 앞잡이인 경찰국장 캄프츠를 풍자적이고 비판적으로 다룬 『벼룩 대장』 원고를 프로이센 정부에게 압수당함. 큰 논란이 된 이 작품으로 재판에 회부되기까지 한 호프만은 재판 진행 도중 6월 25일에 46세의 일기로 사망.

E. T. A. 호프만 1776년 프로이센의 쾨니히스베르크에서 태어났다. 1822년 46세로 사망하기까지 낮에는 빈틈없으며 양심적인 법관으로 일하고 밤에는 글을 쓰는 이중생활을 했다. 본격적으로 글을 쓰기 전에는 극장의 악장(樂長)이자 오페라 작곡가, 음악 비평가로 활동했다. 1809년 『기사 글루크』를 발표한 이후 총 13년의 창작 기간 동안 방대한 양의 문학 작품을 남긴 호프만은 도스토예프스키, 고골, 보들레르, 발자크, 포 등 후대의 여러 작가들에게 지대한 영향을 미쳤으며, 특히 그의 환상적인 작품 세계는 슈만, 자크 오펜바흐, 페루치오 부조니, 베를리오즈, 차이코프스키 등의 작곡가들에게도 큰 영향을 미쳤다. 대표작으로는 『악마의 묘약』, 『모래 인간』, 『밤의 작품집』, 『세라피온의 형제들』, 『수고양이 무어의 인생관』, 『브람빌라 공주』, 『벼룩 대장』 외 다수가 있다.

함미라 1966년 강릉에서 태어났으며, 동덕여자대학교와 서강대학교 대학원에서 독어독문학을 전공했다. 1994년부터 8년간 독일에 머무르면서 방송 활동과 더불어 재외동포교육기관에서 일한 뒤, 현재 번역 및 외서 기획을 함께하고 있다. 옮긴 책으로는 『수레바퀴 아래서』, 『젊은 베르테르의 슬픔』, 『모네, 순간을 그린 화가들』, 『레크리스』, 『8월의 7번째 일요일』, 『이토록 달콤한 재앙』, 『핵폭발 뒤 최후의 아이들』, 『호두까기 인형』 등이 있다.

클래식 보물창고에는
오랜 세월의 침식을 견뎌 낸
위대한 세계 문학 고전들이 총망라되어 있습니다.
세대와 시대를 초월하여 평생을 동반할 '내 인생의 책'을
〈클래식 보물창고〉에서 만나 보세요.

1. 이상한 나라의 앨리스 루이스 캐럴 지음 | 황윤영 옮김

특유의 유쾌한 상상력과 말놀이, 시적인 묘사와 개성적인 캐릭터, 재치 넘치는 패러디와 날카로운 사회 풍자로 아동·청소년문학사와 영문학사에 큰 획을 그은 루이스 캐럴의 환상동화.

★BBC 선정 영국인 애독서 100선 ★학교도서관사서협의회 추천도서

2. 키다리 아저씨 진 웹스터 지음 | 원지인 옮김

서간문이라는 독특한 형식과 소녀적 감성이 결합된 성장기이자 로맨스 소설! 20세기 초 사회의 모순을 고발하고 개혁을 주장했던 진보적인 사상은 페미니즘 문학으로서의 의미를 더한다.

★학교도서관사서협의회 추천도서

3. 보물섬 로버트 루이스 스티븐슨 지음 | 민예령 옮김

인간이 가진 절대적인 선과 악을 그린 세계 최초의 해양 모험 소설. 영국 빅토리아 시대의 흥미진진한 꿈과 낭만을 대변하는 동시에 선악의 경계를 아슬아슬하게 줄타기하는 인간의 욕망을 고찰한다.

★BBC 선정 영국인 애독서 100선 ★미국대학위원회 SAT 권장도서

4. 노인과 바다 어니스트 헤밍웨이 지음 | 민예령 옮김

헤밍웨이 문학의 총결산이자 미국 현대문학의 중추로 일컬어지는 걸작. 생애의 모든 역경을 불굴의 투지로 부딪쳐 이겨 내는 인간의 모습을 하드보일드한 서사 기법과 절제미가 돋보이는 문체로 형상화했다.

★노벨 문학상 수상작가 ★퓰리처상 수상작 ★노벨연구소 선정 세계문학 100선
★대학수학능력시험 출제 작품

5. 하늘과 바람과 별과 시 윤동주 지음 | 신형건 엮음

우리나라 사람들이 가장 많이 애송하는 '민족 시인' 윤동주의 문학 세계를 엿볼 수 있는 시와 산문을 한데 모았다. 시대의 아픔을 성찰하며 정면으로 돌파하려 한 저항 정신은 물론이고 인간 윤동주의 맨얼굴을 만날 수 있다.

★연세대 필독도서 200선

6. 봄봄 동백꽃 김유정 지음

어려운 현실을 풍자와 해학으로 극복한 한국 근대 소설의 정수, 김유정의 대표작을 모았다. 원전을 충실하게 살려 아름다운 우리말을 풍요롭게 담고, 토속적 어휘는 풀이말을 달아 이해를 도왔다.

7. 거울 나라의 앨리스 루이스 캐럴 지음 | 황윤영 옮김

『이상한 나라의 앨리스』보다 한층 탄탄해진 구성과 논리적인 비유를 통해 보다 깊고 넓어진 재미와 감동을 선사하는 후속작. 현실 속의 정상과 비정상, 논리와 비논리, 의미와 무의미의 경계를 고찰한다.

★BBC 선정 영국인 애독서 100선 ★명사 101명이 추천한 파워클래식 ★학교도서관사서협의회 추천도서

8. 변신 프란츠 카프카 지음 | 이옥용 옮김

현대인의 고독과 불안을 그림으로써 실존주의 문학의 발전에 커다란 영향을 끼치며 20세기 문학계에서 가장 난해한 '문제 작가'로 꼽히는 프란츠 카프카의 대표작을 모았다. 원전에 충실한 번역으로 특유의 문체가 지닌 묘미를 만끽할 수 있다.

★서울대 권장도서 100선 ★연세대 필독도서 200선 ★미국대학위원회 SAT 권장도서

9. 오즈의 마법사 L. 프랭크 바움 지음 | 최지현 옮김

영화, 뮤지컬, 온라인 게임 등 다양한 장르로 재생산되어 지구촌 대중문화를 견인함으로써 문화 콘텐츠가 가지는 파급력의 정도를 생생하게 보여 주는 세기의 고전. 짜릿한 모험담 속에 담긴 치유의 기운이 마법 같은 순간을 선물한다.

★학교도서관사서협의회 추천도서

10. 위대한 개츠비 F. 스콧 피츠제럴드 지음 | 민예령 옮김

미국 현대 문학의 거장으로 꼽히는 F. 스콧 피츠제럴드의 대표작. 미국에서만 한 해 30만 부 이상 팔리는 스테디셀러로, 재즈 시대를 살았던 젊은이들의 욕망과 물질문명의 싸늘한 이면을 담아 낸 명실공히 미국 현대 문학의 최고작.

★〈타임〉지 선정 100대 영문 소설 ★미국대학위원회 SAT 권장도서
★〈뉴스위크〉지 선정 100대 명저 ★BBC 선정 꼭 읽어야 할 책

11. 오 헨리 단편선 오 헨리 지음 | 전하림 옮김

평범한 소시민의 일상과 삶의 애환을 따뜻한 시선으로 그린 오 헨리 문학의 정수로 손꼽히는 작품을 모았다. 인도주의적 가치관 위에 부조된 작가적 개성의 특출함을 만끽할 수 있다.

12. 셜록 홈즈 걸작선 아서 코난 도일 지음 | 민예령 옮김

세기의 캐릭터와 함께 펼치는 짜릿한 두뇌 게임. 치밀한 구성과 개연성 있는 전개, 호기심을 자극하는 독특한 설정이 포진되어 있음은 물론, 추리의 과정부터 카타르시스가 느껴지는 결말이 펼쳐져 있는 매력적인 소설.

13. 소공자 프랜시스 호즈슨 버넷 지음 | 원지인 옮김

사랑의 입자를 뭉쳐 만들어 놓은 것 같은 캐릭터를 통해 사랑의 선순환을 형상화한 소설. 순수한 직관과 무한한 잠재력을 지닌 동심의 세계를 느낄 수 있다.

14. 왕자와 거지 마크 트웨인 지음 | 황윤영 옮김

대중성과 작품성을 겸비해 '미국 현대 문학의 아버지'로 평가받는 마크 트웨인의 대표작으로 '뒤바뀐 신분'이라는 숱한 드라마의 원조 격인 소설. 부조리하고 불합리한 사회상에 대한 날카로운 비판과 통쾌한 풍자 속에 역사적 지식과 상상력을 담아 냈다.

15. 데미안 헤르만 헤세 지음 | 이옥용 옮김

자신의 내면세계를 향해 고집스럽게 걸음을 옮긴 주인공 싱클레어의 성장을 그린 영원한 청춘의 성서. 철학, 종교, 인간을 끊임없이 탐구했던 작가의 깊이 있는 시선과 인간 내면의 양면성에 대한 치밀한 묘사가 시선을 사로잡는다.

★노벨 문학상 수상작가

16. 말괄량이와 철학자들 F. 스콧 피츠제럴드 지음 | 김율희 옮김

재즈 시대의 자유분방한 젊은이들의 풍속도를 그린 F. 스콧 피츠제럴드의 소설집. 1920년대 고동치는 젊은이의 맥박을 생생하게 전달했다는 평가를 받는 작품들을 모았다.

17. 벤자민 버튼의 시간은 거꾸로 간다 F. 스콧 피츠제럴드 지음 | 김율희 옮김

70세의 노인으로 태어나 결국 태아 상태가 되어 삶을 마감하는 벤자민 버튼의 일생을 그린 환상소설을 비롯해 『위대한 개츠비』의 전신이라고 할 수 있는 F. 스콧 피츠제럴드의 작품들을 모았다. 실험적이고 혁신적인 화법으로 생생하게 형상화한 재즈 시대를 만끽할 수 있다.

18. 이방인 알베르 카뮈 지음 | 이효숙 옮김

출간과 동시에 하나의 사회적 사건으로까지 이야기된 알베르 카뮈의 대표작. 부조리하고 기계적인 시스템 속에서 인간이 부딪치게 되는 절망적 상황을 짧고 거친 문장 속에 상징적으로 담아낸, 작품 자체가 '이방인'인 소설.

★노벨 문학상 수상작가 ★노벨연구소 선정 세계문학 100선 ★미국대학위원회 SAT 권장도서

19. 크리스마스 캐럴 찰스 디킨스 지음 | 김율희 옮김

영국의 대문호 찰스 디킨스의 작가 정신과 개성이 고스란히 담긴 대표작. 19세기 영국 사회의 구조적 모순과 인간성 회복을 그린 영원한 고전이자 크리스마스의 상징이 되어 버린 소설.

★BBC 선정 영국인 애독서 100선 ★학교도서관사서협의회 추천도서

20. 이솝 우화 이솝 지음 | 민예령 옮김

2500년 동안 이어져 온 삶의 지혜와 철학을 담은 인생 지침서이자 최고(最古)의 고전! 오랜 세월 인류가 축적해 온 지식과 철학이 함축되어 있으며 남녀노소 누구나 읽을 수 있는 인류의 고전이라 할 수 있다.

21. 수레바퀴 아래서 헤르만 헤세 지음 | 함미라 옮김

작가의 자전적 경험이 녹아들어 있는 헤르만 헤세의 대표적인 성장소설. 총명한 한 소년이 개인의 자유와 개성을 억압하는 딱딱한 교육 제도와 권위적인 기성 사회의 벽에 부딪혀 비극으로 치닫는 이야기를 섬세하게 그리고 있다.

★노벨 문학상 수상작가 ★서울대 선정 고전 200선 ★국립중앙도서관 청소년 권장도서

22. 너새니얼 호손 단편선 너새니얼 호손 지음 | 한지윤 옮김

『주홍 글자』로 유명한 호손은 에드거 앨런 포, 허먼 멜빌과 더불어 미국 낭만주의 문학의 3대 거장으로 꼽힌다. 이 책은 45년간 우리나라 교과서에 실리기도 했던 「큰 바위 얼굴」을 비롯해 호손 문학의 대표 단편소설 11편을 실었다.

23. 에드거 앨런 포 단편선 에드거 앨런 포 지음 | 황윤영 옮김

「검은 고양이」, 「모르그 거리의 살인 사건」 등으로 유명한 에드거 앨런 포는 미국 낭만주의 문학의 거장이자 단편문학의 시조이며 추리 소설의 창시자이기도 하다. 기괴하고 환상적인 소재를 통해 인간 내면의 광기와 복잡한 심리를 치밀하게 형상화했다.

★미국대학위원회 SAT 권장도서 ★노벨연구소 선정 세계문학 100선

24. 필경사 바틀비 허먼 멜빌 지음 | 한지윤 옮김

장편소설 『모비 딕』의 작가 허먼 멜빌은 에드거 앨런 포, 너새니얼 호손과 함께 미국 낭만주의 문학의 3대 거장으로 꼽힌다. 정체불명의 필경사 바틀비의 '선호하지 않는' 태도와 철학은 갑갑한 현실 속에서 우리에게 깊은 공감과 위로를 이끌어 낸다.

★미국대학위원회 SAT 권장도서

25. 1984 조지 오웰 지음 | 전하림 옮김

『멋진 신세계』, 『우리들』과 더불어 세계 3대 디스토피아 소설로 불리는 걸작으로, 가공의 국가 오세아니아의 전체주의 지배하에서 인간의 존엄을 지키고자 했던 한 인물이 파멸되어 가는 과정을 그렸다. 오늘날에도 여전히 유효한 이 작품 속 경고는 시간이 지날수록 그 힘이 더욱 강력해지고 있다.

★〈뉴스위크〉지 선정 세계 100대 명저 ★〈타임〉지 선정 '20세기 최고의 책 100선'
★노벨연구소 선정 세계문학 100선 ★〈모던 라이브러리〉 선정 '20세기 100대 영문학'

26. 걸리버 여행기 조너선 스위프트 지음 | 김율희 옮김

풍자 문학의 거장 조너선 스위프트의 『걸리버 여행기』는 결코 온순하지 않다. 이 작품의 원문은 18세기 영국의 정치와 사회뿐만 아니라 인간의 본성을 신랄하게 풍자하고 있기 때문이다. 이 무삭제 완역본에는 스위프트가 고찰한 인간과 사회를 관통하는 통렬한 아이러니가 고스란히 담겨 있다.

★서울대 선정 고전 200선 ★미국대학위원회 SAT 권장도서

★〈뉴스위크〉지 선정 100대 명저 ★노벨연구소 선정 세계문학 100선

27. 헤르만 헤세 환상동화집 헤르만 헤세 지음 | 이옥용 옮김

헤세의 대표적인 동화 16편이 실린 작품집으로, 자기 발견과 자아실현을 위한 갈등과 모색을 독창적이면서도 환상적으로 표현했다. 또한 난쟁이, 마법사, 시인 등 신비로운 인물들과 천일야화, 중국과 인도의 민담, 신화 등 초자연적이면서도 경이로운 이야기들이 다채롭게 펼쳐진다.

★노벨 문학상 수상작가

28. 별 마지막 수업 알퐁스 도데 지음 | 이효숙 옮김

특유의 시적 서정성과 감수성으로 19세기 말 프랑스의 정취를 그려 낸 작가 알퐁스 도데의 단편소설을 모았다. 그의 대표작 「별」부터 전쟁의 비극을 감동적으로 풀어 낸 「마지막 수업」까지 알퐁스 도데의 진면목을 만끽할 수 있는 작품 15편이 들어 있다.

29. 피터 팬 제임스 매튜 배리 지음 | 원지인 옮김

연극, 뮤지컬, 영화 등으로 재탄생되며 100년이 넘는 세월 동안 전 세계 사람들의 사랑을 받아 온 '영원히 늙지 않는' 고전! 어른이 되지 않는 '피터 팬'과 어른이 없는 나라 '네버랜드'를 탄생시킴과 동시에 '피터 팬 신드롬'이라는 말을 낳으며 동심의 상징이 되었다.

30. 제인 에어 샬럿 브론테 지음 | 한지윤 옮김

『폭풍의 언덕』과 함께 '브론테 자매'의 걸작으로 손꼽히는 샬럿 브론테의 대표작으로, 어린 나이에 홀로 고난과 역경을 이겨 내고 오로지 '열정'으로 나이와 신분을 뛰어 넘어 사랑을 쟁취하는 여성, 제인 에어의 삶과 사랑을 자서전 형식으로 그려 냈다.

★미국대학위원회 SAT 권장도서 ★BBC 선정 영국인 애독서 100선 ★연세대 필독도서 200선

31. 폭풍의 언덕 에밀리 브론테 지음 | 황윤영 옮김

에밀리 브론테가 남긴 유일한 소설로, 주인공의 광기 어린 사랑과 복수를 통해 인간 내면의 세계와 본질을 그려 냄으로써 오늘날 세계 10대 소설, 영문학 3대 비극으로 꼽히며 세계 문학사의 걸작으로 남은 작품이다.

★미국대학위원회 SAT 권장도서 ★〈옵저버〉지 선정 '가장 위대한 소설 100'

32. 젊은 베르테르의 슬픔 요한 볼프강 폰 괴테 지음 | 함미라 옮김

독일 문학사를 일거에 드높였다는 평을 받는 세계적인 문호 요한 볼프강 폰 괴테가 젊은 시절의 체험을 바탕으로 써 내려간 자전적 소설. 찬란하지만 위태로운 젊음의 이면성을 격정적인 한 젊은이를 통해 그려 냈다.

★피터 박스올 〈죽기 전에 읽어야 할 1001권의 책〉 선정도서

33. 바스커빌가의 개 아서 코난 도일 지음 | 한지윤 옮김

〈셜록 홈즈〉 시리즈 사상 최악의 적수와 벌이는 사투가 팽팽한 긴장감을 자아내며 책을 덮는 순간까지 숨 쉬는 것도 잊게 만들 정도로 독자들을 사로잡는다. 독자들과 평론가 양쪽 모두에게 그 어떤 작품보다도 뛰어나다는 평가를 받아 온 아서 코난 도일의 대표작.

34. 헤르만 헤세 시집 헤르만 헤세 지음 | 이옥용 옮김

소설 『수레바퀴 아래서』와 『데미안』, 『유리알 유희』 등으로 꾸준한 사랑을 받고 있는 독일 문학의 거장 헤르만 헤세의 대표 시 105편을 묶었다. 통일과 조화를 꿈꾸며 화합하는 삶을 살고자 한 헤세의 고뇌를 엿볼 수 있다.

★노벨 문학상 수상작가

35. 인간 실격 다자이 오사무 지음 | 김아영 옮김

'내면적 진실의 정신적 자서전'이자 '문학 형태의 유서이며, 자화상'이라고 평가받는 다자이 오사무의 대표작으로, 인간에 대한 불신과 그로 인한 소외감과 죄악감으로 몸부림치다 세상에서 연약하게 무너질 수밖에 없었던 한 사람의 고백서이다.

★〈뉴욕 타임스〉지 선정 일본문학

36. 월든 헨리 데이비드 소로 지음 | 김율희 옮김

인간과 자연에는 신성이 내재되어 있다고 보고 정신적 삶을 지향했던 미국 초월주의 사상가 소로의 정수가 담긴 『월든』은 지나친 물질주의 속에서 거칠고 가난해진 정신을 지닌 현대인들에게 삶을 자유롭고 충만하게 사는 방법을 깨우쳐 준다.

★미국대학위원회 SAT 권장도서

37. 싯다르타 헤르만 헤세 지음 | 이옥용 옮김

불교의 교리를 창시한 석가모니와 같은 시대를 살았던 브라만 계층의 청년 싯다르타의 자아실현 과정을 담은 성장소설이다. 제1차 세계 대전 이후 전쟁의 상처를 어루만진 헤르만 헤세의 동양 사상은 오늘날까지 주체적이고 실존적인 길을 제시한다.

★노벨 문학상 수상 작가

38. 호두까기 인형 E. T. A. 호프만 지음 | 함미라 옮김

카프카와 함께 '환상적 사실주의'의 대표적인 작가이자 독일 낭만주의 사조에서 중요한 위치를 차지하는 호프만의 동화소설로, 꿈과 환상의 세계를 평범한 일상과 뒤섞어 놓은 독특한 서술 기법은 그로테스크한 긴장감과 함께 마술적인 시공간으로 독자들을 인도한다.

*'클래식 보물창고'는 끝없이 이어집니다.